校园文摘 二
Xiaoyuan Wenzhai

脑电波危机

姚禹同 傅于桐 陈吉 薄睿宁
袁义翔 流马 拾令 樊小颖 / 等著

中央编译出版社
Central Compilation & Translation Press

图书在版编目（CIP）数据

脑电波危机 / 姚禹同等著 .
—北京：中央编译出版社，2015.3
（校园文摘系列丛书 / 万亿主编）
ISBN 978-7-5117-2350-5

Ⅰ．①脑… Ⅱ．①姚… Ⅲ．①作文 – 中学 – 选集
Ⅳ．① H194.5

中国版本图书馆 CIP 数据核字（2014）第 234351 号

脑电波危机

出 版 人	刘明清
出版统筹	董　巍
责任编辑	邓永标
责任印制	尹　珺
出版发行	中央编译出版社
地　　址	北京市西城区车公庄大街乙 5 号鸿儒大厦 B 座（100044）

电　　话　（010）52612345（总编室）　　（010）52612371（编辑室）
　　　　　　（010）52612316（发行部）　　（010）52612317（网络销售）
　　　　　　（010）52612346（馆配部）　　（010）55626985（读者服务部）

传　　真	（010）66515838
经　　销	全国新华书店
印　　刷	北京威远印刷有限公司
开　　本	710 毫米 ×1000 毫米　1/16
字　　数	206 千字
印　　张	14
版　　次	2015 年 3 月第 1 版第 1 次印刷
定　　价	29.00 元

网　　址：www.cctphome.com　　　邮　　箱：cctp@cctphome.com
新浪微博：@ 中央编译出版社　　　微　　信：中央编译出版社（ID：cctphome）
淘宝店铺：中央编译出版社直销店（http:// shop108367160. taobao.com）（010）52612349

目录
CONTENTS

校园文摘
Xiaoyuan Wenzhai

▶ **繁星梦**

▶ **青春驿站**

▶ 亲情树

▶ 鬼马狂想曲

CONTENTS

繁星梦

低语梧桐

文 / 姚禹同

那是我曾经最留恋的声音，也是我记忆最深处的声音。

风吹过。梧桐叶沙沙作响，仿如低声絮语。

我的家：梧桐街 29 号。

我：田语桐

——题记

一

秋风中，妈妈腆着大大的肚子，与爸爸挽着手，走在落叶飘零的梧桐街上，满脸喜悦与甜蜜。

"过几天孩子就要出生吧？"

"嗯"

"取什么名字好呢？"

妈妈不说话，只是抬头望着梧桐树上稀疏的叶子。渗下的阳光洒落在她的脸上，白嫩的肌肤几近透明。那美丽精致的侧脸，那微抿上扬的嘴角，那长长翘起的睫毛，那小腹隆起的婀娜身影，从此定格在了爸爸眼里，也从此定格在了梧桐街的秋天。

几天后，妈妈被送进了产房的手术室。

然而，她进去了就再也没出来。

风吹过，爸爸扭头看着窗外，任由两行清泪从脸上滑过。街道两旁的梧桐叶沙沙作响，仿如低声絮语。

"语桐。"爸爸喃喃自语道。

二

因为是难产，我长得异常纤弱，小嘴甚至连奶嘴都包含不下。然而爸爸却给了我最无微不至的关爱。在爸爸眼里，我就是妈妈的化身。尽管当时的家境并不宽裕，为了不让我受一点点伤，爸爸总是亲自给我选购最放心的食品和衣物，最安全的玩具和生活用品。我也因此成了小伙伴们羡慕的对象。只是他们不知道，我心里有多么地想念妈妈。

我曾经央求爸爸，带我去找妈妈。爸爸却总苦笑着对我说："你有一个会变身的男妈妈，他既可以当爸爸，也可以当妈妈。不是吗？"

我将信将疑，只好默不作声地点点头。

随着年龄的增长，我对妈妈的思念之情愈加浓烈。我常常一个人对着妈妈的照片发愣。突然有一天，我发现自己的容貌和妈妈如出一辙：一样美丽精致的侧脸，一样微抿上扬的嘴角，一样长长翘起的睫毛，一样婀娜窈窕的身材。此外，我还拥有一双十指修长的小手，而这曾是妈妈梦寐以求的。

爸爸曾不止一次端详着我的小手，无不感叹的对我说："孩子，你已注定和琴、棋、书、画有缘了。"

的确，像我这样的女孩，是不可能去扶犁铧了。

我家所在的街道名叫梧桐街，街道两旁种满了梧桐树。这里曾是我的乐土，也承载了我全部的童年记忆。

这里不属人们常说的富人区，也不属贫民窟。灰灰的水泥石子路和公寓楼很是寻常单调。唯独街道两旁的梧桐树被秋风吹过，金黄而宽大的叶子发出的"沙沙"声，飘零若蝶儿翩跹的飞舞，让我备感踏实和美好。

爸爸是大学的一名法语教师，这也使得我从小就开始接受着"三语教育"。虽然收入已经不愁温饱，但爸爸还是和朋友合伙开了一家公司，想让我生活得更好些。

四

五岁生日那天，爸爸带我来到全市最大的琴行，让我挑一样自己喜欢的乐器学。

我指向了一支毫不起眼的竹笛。

"你确定？"爸爸的语气似乎有些失望。

我点点头，坚定而执拗。

爸爸带我来这儿，本意是想让我见见世面，挑选一件在普通琴行买不到的乐器。谁知我却选择了这只普通得不能再普通的竹笛。只不过，它的价格要比别的琴行贵上一些，仅此而已。

一年以后，爸爸发现他开始的失望纯属多余。后来，我曾无数次在梧桐树下，面对坐在街道长椅上的爸爸吹奏着好听的乐曲。

一位穿着白裙的小女孩，轻轻柔柔地站在清风吹拂的梧桐树下，屏息凝神，将竹笛送至唇边，乐声起时，小女孩可爱的身姿和笛声一道轻舞飞扬，修长而又纤细的手指如蜻蜓般在竹笛孔上起起落落，衣衫与梧桐叶在风中共舞，渐渐融为一体，美妙无比。

童年的生活大同小异。与生俱来的天资，让我能毫不费力地学好任何我感兴趣的东西，包括学习。这也是所有老师都喜欢我的原因，更是我在小伙伴眼中如公主般美丽的资本。可是，他们无法理解我为什么喜欢仰望梧桐树叶发呆，更无法体会梧桐街带给我童年的欢喜与苦痛。

五

爸爸和朋友开的那家公司生意很火。在我小学毕业前夕，我们家搬进了一幢三层别墅。别墅区环境优美，奇石亭榭别具匠心，名花异草遍布小区的每一个角落。可我心里总有一处地方觉得是空落落的。

我毫无悬念地上了全市最好的中学。在这里读书不仅需要骄人的成绩，还要交纳高额的学费。但这一切都不是困难了，至少对我和爸爸来说。

重要的是我将以一个怎样的面貌去迎接新生活的到来。

秋风乍起，我一如平常的模样，站在小区的凉亭里，面对微笑看着我的爸爸吹奏竹笛。笛声仍旧悠扬，但我和爸爸的心里都觉得缺少了些什么。

没有了风中的梧桐树，没有了风吹梧桐叶"沙沙"的伴奏声。

世界安静了。也寂寞了。

六

幸福的生活都很相近。

初中的我依然是老师眼里的好学生，同学眼里的"小公主"。

我的脱颖而出，让部分同学在羡慕的同时，也有了微微的嫉妒。我们都处在一段青涩的时光里，这一点我完全能理解。然而，这也促成了我好面子的习惯，不愿在别人面前暴露自己的短处。我发现，在同学眼里，我就像是一个女神，那样供着，仰视着。虽然可以过着令人羡慕的生活，但我却希望找到一个可以让我钦佩、推心置腹的朋友。

正当我准备适应着平淡、孤独的初中生活时，颜小蕊却一不小心闯了进来。颜小蕊是班上心肠最热的女孩之一，成绩中等，相貌平平，却有几分清纯的味道。然而，她的性格却十分倔强，让人感到不是那么容易亲近。加上她有一个爱好——画画，人送外号"画痴"。她几乎把所有的空闲时间都用在画画上面，哪怕是课间短短的十分钟。她的大作在课本、练习册和作业本上随处可见。偶尔翻看她在书上加工过的插图，能让你笑爆好几天。为此，她也和我一样，几乎没有什么谈得来的朋友。

原本的她并不引人注目，但最近因她父母离异，一下子成了同学们关注的焦点。这件事发生后，她没有像同学们想象的那样，从此萎靡不振，而是愈加钟情画画，愈加从容淡定。老师和同学们都十分佩服她的那份坚强和执着。这其中也包括我。也许我的童年的特殊经历，我感觉要比别人更懂她。

与颜小蕊的特长正好相反，让我最感恐惧的就是美术老师布置的素描作业。

七

"又失败了！"

清脆的下课铃声中夹杂着丝丝沙哑，操场上渐渐喧闹了起来，唯有我愁眉苦脸地独自坐在空荡荡的教室中，面对我那本近乎"一次性"的速写本。

翻到速写本的最后一页，是一只丑陋的卡通简笔画小兔子。再依次往前翻，同样每一页都画着这只小兔子。画上的小兔子要么眼睛大小不一，要么就是鼻子歪了或嘴巴斜了，找不到一点美感。我沮丧地摇摇头："看来得再买一本新的速写本了！"我小声嘀咕。

这时，一只胖乎乎的手放在了我的肩上。我猛地回过头，又是那张熟悉的脸：胖嘟嘟的脸蛋，白净的皮肤，狭长的丹凤眼，小巧玲珑的扁扁的鼻子，一张水润的小嘴。颜小蕊！

"哎呀，是你！"我从座位上站起来，"这幅画好难画呀！你瞧，我画了这么多张却没有一张好看！真羡慕你，画画得那么好……"我垂下了头，语无伦次地向她倾吐着不满。

"没事！"交完了素描作业的颜小蕊，仿佛一眼看穿了我的心思。"熟能生巧嘛！"那双狭长的丹凤眼中充满了鼓励与希望。

"心情不好？就别老窝在教室里了！课间应该出去活动活动嘛！"她拉起我的手，走到了教室外面。

已值深秋，江南的阳光依然很明媚，到处都是暖融融的。碧绿的梧桐树恣意地挺立在秋日的阳光中。看到这些，我的心情顿时好了很多。

秋日的景色这么美，我怎么还有理由让心情灰暗呢？

随后，我们又回到了教室里。她指着我丑陋的画，说："你看，你的画并非一无是处。你看，这幅画中小白兔的眼睛多么传神，这幅画中小白兔的毛多么逼真。"

因为有了刚才好心情的渲染，再加上她的指点，嘿，真的是这样的。短短的几句话，仿佛冬日的暖阳，一扫心头的阴霾。原来自以为丑陋的兔子也有这么多的闪光点！

"不要对自己的要求过于苛刻呀！"上课铃响时，她这样对我说。

我很感激地向她点了点头。原来，打动人心的友谊，并不需要惊天动地的壮举和轰轰烈烈的行为。有时，短短的十分钟，几句简单的鼓励，便可以让人走出自卑的阴影，让阳光充满心坎，让一股暖流涌遍全身……

很快，我和她成了无话不谈的"死党"。

<h1 style="text-align:center">八</h1>

在那个喜欢躺在草地上数星星的年龄，我和她在星空中写下了我们对梦想的承诺。

她想成为一名画家。梦想可以整日在属于自己的空间里尽情涂抹，可以随心所欲地背着画板周游世界。

而我则想成为一名作家。梦想可以拥有属于自己的那份恬静和悠然，可以在方寸之间纵情领略人生。

我们约好：二十年后，我写字，她画画，共同编写世界上一部最美的童话。

课余的闲暇时间，我们几乎都在为各自的梦想而打拼，还时常在一起分享着成功的欢乐和失败的惆怅。

直到有一天，我登上了我们班的QQ群。当我看到她修改后的QQ签名时，我愣住了——"不是我不小心，梦却摔碎了。"

看似很随意的一句话，我的心里却莫名地疼了。

第二天的课间，我迫不及待地找到她，问询事情的原委。

"我以后当不了画家了，我……"她满面愁容地告诉我。

"为什么？"

"我妈妈最大的愿望就是让我当个同声翻译。当她得知我今后想成为一名画家时，就不由分说地锁起了我的绘画工具，取消了美术兴趣班，还天天逼着我学英语。"

"可我对英语一点兴趣也没有。教我的绘画老师都来家劝过我妈妈，说我有画画天赋。"

"但妈妈却说我这样会没出息，报美术兴趣班的目的，仅仅是想让我玩玩而已。我的父母从来都没有理解过我，从来都没有考虑过我内心的感受！"她痛苦而又迷茫地向我倾诉着，断断续续。

良久，我问："那你长大后究竟想干什么呢？"

"不知道，我现在除了想画画，什么都不想做。"

"当画家是你的理想，没有人能改变。这是你自己的决定！还记得我们那时的承诺吗？你一定要把握梦想，即使所有的人都反对。记住，我们的将来一定要无愧于心。"奇怪，也许因为太激动了吧，我也不知道这些话是怎样脱口而出的。

"可我不想让妈妈伤心……"她抬眼看了看我，欲言又止。

冬日无力的阳光下，学校操场上很是喧闹，而我却感到了一种前所未有的孤寂。如同街道两旁梧桐树上光秃秃的枝桠。

上课铃响起。我分明看到：她的背影在踏入教室的那一瞬间，不由自主地打了个寒颤。

此后很长的一段日子，放学后，我都一直陪着颜小蕊穿过梧桐街步行回家。

我不停地给她鼓劲，让她坚持着自己的梦想。并向她诉说着我这么多年以来，内心深处对妈妈的苦痛思念，和对梧桐树的情感依恋。

"听到风吹梧桐叶发出的沙沙声，我心里就踏实了，那声音特别像妈妈的低声絮语。"我常常自顾自地向颜小蕊说道。

听着我与梧桐树的故事，颜小蕊发紧的眉头慢慢地舒展开了，有时还会和我一样露出灿烂的微笑。

春节那天，我接到了她的一个电话。她欣喜地告诉我，她妈妈终于被她的执着感动了，同意让她继续学习绘画。

现在的她，正在专业老师的指导下，学习素描。

后来，我又看到了她修改后的 QQ 签名——

"因为那个对梦想的承诺，我们在逐梦的星空下，永不停息。"

九

梧桐街上的梧桐树叶黄了又绿，绿了又黄。

不知不觉，我的初中生活还有几个月就要结束了。我告诉爸爸，想去法国留学。爸爸同意了。

其实，我也不知自己怎么就有了这个念头的。也许是因为从小听多了爸爸讲的那些浪漫美丽的法国故事吧。

当颜小蕊问我高中去哪里读时，我毫不犹豫地说："去法国！有一所不错的私立学校，爸爸已经帮我联系好了。"

颜小蕊有些失望地"哦"了声，便低下头，咬着嘴唇，默不作声了。良久，她才抬头看了看我，目光中带有几分坚毅。

不知怎的，颜小蕊最差的计算机课的成绩，突然间就"嗖嗖"地窜了上去，让老师和同学们颇感意外。

还有三天就毕业了，同学们都兴奋地准备着各自的表演节目。

十

照例，初三年级的毕业典礼，都安排在学校的大礼堂举行。每个班的同学都要表演节目。

当我站在台上，拿出竹笛准备表演时，我瞥见颜小蕊走进了控制室。

我屏气凝神，正想吹奏。突然耳边响起了细微的"沙沙"声，紧接着，台下掌声雷动。

脑电波危机

我一激灵，转身看见在我身后的巨大屏幕上，播放着一组精致的Flash 动画。画面上那灰色的水泥石子路和公寓楼，那街道两旁金色的梧桐树叶被秋风吹拂，发出的"沙沙"声，飘零若蝶儿翩跹飞舞时的情景栩栩如生。

我战栗着将竹笛送到唇边。

我不知道是怎样吹完这首曲子的。演奏时，我的脑海里一直轮换着这样的画面：我的妈妈，我的名字，我的竹笛，我的梧桐街；还有那组Flash 动画，那轻舞飞扬的梧桐叶，清纯善良的颜小蕊。

恍惚中，我看见：一位穿着白裙的少女，袅袅婷婷地站在秋风轻拂的梧桐树下。屏息凝神，将竹笛送至唇边，乐声起时，少女袅娜的身姿和笛声一道轻舞飞扬。修长而又纤细的手指如蜻蜓般在笛孔上起起落落，衣衫与金色的梧桐叶在风中共舞，渐渐融为一体，美妙无比。

我又找回了原来的自己。

毕业典礼结束后，我拉着颜小蕊来到了梧桐街。

然而它现在已经不叫梧桐街了，蓝漆的路牌上写着"友谊路"。

我这才发现，灰色的水泥石子路，变成了黑色的柏油马路；街道两旁的法国梧桐，齐刷刷的换上了大樟树。

我备感意外。

这时颜小蕊告诉我：为了创卫生城市，市区里所有的法国梧桐全都换栽了大樟树。

后记

站在法国的街道上，放眼望去，家家户户的窗台上都种满了鲜花，空气中发散着香气。

然而，最吸引我却是街道两旁的法国梧桐，仿佛儿时的梧桐街。霎时，我心头一暖。

回到旅馆，我打开电脑，看着我在毕业典礼上吹奏时的情景：

台上的那个我，在 Flash 动画的梧桐树下，忘情地吹着竹笛，一脸幸福的模样，但却有泪珠不断滑落。伴随絮语般的"沙沙"声和落叶飘零的梧桐树叶，一切都表现得无与伦比。

我心里一阵发酸，脑海里立即想到了颜小蕊。

我掏出手机，给她发了一封电子邮件：要珍惜。

颜小蕊回复了：要幸福。

我再也忍不住，走到窗前，任凭泪水无声地滴落。

风吹过。

街道两旁的梧桐树叶沙沙作响，仿佛低声絮语。

我虽已理解。但心中还是有不甘、有不忍、有不舍。

我的梧桐街。我的童年。

一切终是结束了。

结束了。

自由的心让我陶醉

文 / 吴涵彧

只要自由之翼展开，人生便可飞翔。

——题记

我相信，自由是心灵的放飞，人生的远航。无论在喧嚣的闹市抑或是恬静的自然，只要保持一颗纯真的自由之心，便可到达人生大雅之境界。回望历史，我看到他、他们。

瓦尔登湖畔

"山光悦鸟性，潭影空人心"，这美得让人心醉的景致大概是瓦尔登湖风光的写照。当年仅 28 的梭罗踏上这方瑰丽的土地时，他的自由之心是否得到了放逐？于是，在这里，他与树木相伴，与鸟兽为邻，开始了属于自己的桃源生活。昼——记录下栖息瓦尔登湖的一切；夜——屈膝躺在湖泊中的木船上，仰望星空。青山、湖水、天空、繁星，每一处都闪烁着自由的光辉。终于，他笔下的《瓦尔登湖》让后人痴迷不已、艳羡不已。

世人都渴望这样一个安放心灵的地方。其实，只有拥有静谧脱俗的心情，无论身在何处，都是远离尘嚣的瓦尔登湖。时差交错，叠影朦胧，你看见了瓦尔登湖里的满天繁星吗？

与此同时，梭罗那一份超然于物外的自由之心可让你深深陶醉？

南山东篱旁

"不为五斗米折腰",这是他的宣言。为此,他隐居深山,一树、一菊、一木屋、一篱笆与一颗追求自由、热爱田园的心,仅此而已。"采菊东篱下,悠然见南山",闲暇时与一朵秋菊的邂逅,不期然瞧见南山清秀的面庞,让他惊喜万分;"晨兴理荒秽,带月荷锄归",宁愿受苦劳作,也不愿意困在官场的樊笼中追求功名。其实,摆脱功名的束缚,他自由的灵魂早已飘上云端,他的内心早就建造了一处无与伦比的桃花源!

在与山水的对视中,晋代名士陶渊明过着一段充满灵性、恣意自由的日子。

陶潜有心沉醉于东篱下的秋菊,我却在不经意中又一次陶醉于他无比自由的心灵!

……

历史风尘如此宏大宽广,浩浩乎,又岂是我三言两语可说尽？

在欧阳修眼中,自由的心是"醉翁之意不在酒,在乎山水之间也"的纵情自然;在李太白眼中,自由的心是"举杯邀明月,对影成三人"的独饮寂寞;在谭嗣同眼中,自由的心是"我自横刀向天笑,去留肝胆两昆仑"的豪情表白。

给心灵一双自由的翅膀吧,让她飞翔出一段段不流于俗的精彩人生!

累并快乐着

文 / 樊小颖

聚沙成塔，积水成渊，我们每个人都是小沙砾、小水滴。即使我们再渺小，也是这个社会大家庭中的一分子，应该为这个家庭变得和谐美满而尽一份力。

"轰隆隆"，一辆辆大卡车疾驰而过。卡车里的驾驶员旁若无人，车上装运的土块不时掉落些在地上，村间水泥路变得满身疙瘩。一些腿脚不便的老人，蹒跚着跨过这一个个的土疙瘩，好像有一些吃力。骑着自行车的行人，以往能顺畅通过，现在似乎有些颠簸，心惊胆战的他们只能停下车，紧握着车把手，小心翼翼往前推。虽然每个人行走都很困难，但谁也没想到铲去那些泥土。

望着那些行人如履山地般过这条路时，我有种想要帮助他们的冲动。于是我大旗一挥，召集了几个朋友。将我的用意说明之后，大伙儿纷纷点头表示同意。

为了安全起见，我们先做了一块木板，上面写了几个歪歪扭扭的字——"前方修路，绕道而行"。然后我再抱一根竹竿绑住木板，插在土堆上。万幸的是行人真看懂了那些"鬼画符"，纷纷放慢了脚步。

虽然平时都是些娇生惯养的小孩子，但我们干得热火朝天。一个个都弯着腰低着头，拿铲子的拿铲子，端簸箕的端簸箕，几个自恃力气大的就徒手搬土块。大家忙得满头大汗，我变成了小泥猴，蕾蕾被扬起的泥沙迷住了眼睛，静静把手都磨破了。我们卖力地干着活，与其说劳动，不如说玩耍，大家都不亦乐乎。整整一个下午，我们终于把碍眼的泥土铲完了。当然回到家，一身土的我免不了挨顿责骂。心中有一些委屈，但还是有着按捺不住的喜悦。

次日清晨，我再次来到了水泥路上。只见几个老人各挽个竹篮有说有笑，那些骑车的人脸上带着微笑。我在那边傻笑着，看着行人一个个路过，心里美滋滋的。

这也算是一次义务劳动吧！我和小伙伴铲去了行人们的眼中钉、肉中刺。也许没有报酬，别人会觉得我们很傻，但我很快乐！

遗忘难过，在浅夏初阳

文 / 浅殇晴

一

我们在人生的道路上行走，很幸运地，那几条路转转碰碰形成一个交点。我们相遇在那个夏天——阳光极为灿烂，风极为温和。

我们并不知道彼此会带给对方些什么，只是在懵懂的目光中看这个世界多了些新奇。童言无忌，大大咧咧的我们开始打闹，欢笑声飘荡在天地之间。

一下课，大家都会围在一起说说笑笑，或者在走廊外奔跑，活像一只只小鹿，没有烦恼。

我们总会有很多奇奇怪怪的看法以及问题，童年开始慢慢形成轨道。

是啊，不会为了考试伤脑筋，没有竞争没有太多想法。古灵精怪的我们终于相遇了。

"哈哈，你来打我呀，嘿嘿嘿嘿……"那时候的男生特别活泼，刚刚认识就开始放下戒备，满操场的"老鹰捉小鸡"极为壮观。

"你知道吗，前几天我在商店里见到老师了哎。"那时候的女生很腼腆，很少像男生那样，只是一边散步一边与朋友说笑。

那个时候，我们一年级。

二

我们认识一年了，彼此更加熟悉。学业重了，班上的同学也开始分帮结派，一堆人一堆人在一起玩……嘿，还有些可笑，竟然会为了一些小事开始孤立谁。

也不知道那么小的我们，怎么会变成这样。

也许是因为开始知道什么是"好人"，什么是"坏人"，谁和谁跟自己玩得来。

班上总会有一个特别强势的女班长，不顾形象地管班级，经常大声嚷嚷。莫非就是传说中的——抓班干部要从娃娃抓起？而那个时候的男生特别调皮，总喜欢在一起捣乱，与班长作对。

大家都已经算是熟络了。女生喜欢欺负男生，每次下课都可以看到，一群女生骂骂咧咧地追着一个男生。而男生则嬉皮笑脸地挑衅。

时光过得很快，我们从未握住。

"喂，那个谁谁谁，你给我站起来！站着读书！"班长瞪着一个慵懒的男生。

而那个男生只是打了个哈欠，笑笑站起来，习以为常了吧。

难道男生都已经开始进入叛逆期了吗……

那个时候，我们二年级。

三

时光飞快流逝，像是手中的沙子，渐渐消退。

小学生活已经快要过去一半了，而我们却满不在乎，在越来越多的作业里昂起头长啸："好想快点毕业！还有三年，怎么熬呀？"

我们的性格特点越来越明显，腼腆内向的，大方开朗的，调皮可爱的……在学习上开始努力，有时候莫名的兴奋，有时候莫名的哀伤。

觉得自己某一方面超乎常人，也跟朋友偶尔闹别扭。

那个时候的我们，分分合合特别容易，吵架后过几天又抱在一起笑了。当然，有几个人在班上的角落里独自画着圈圈——越长大他们便越发现，他们只爱自己的世界。

有些反感学习，有些讨厌老师，不自觉跟老师家长作对发脾气。

男生女生已经不再像以前一样打成一片，女生在女生堆里面跳跳橡皮筋，男生在男生堆里踢踢足球，有种"老死不相往来"的感觉。

"交作业啊。"小组长站在男生面前，一脸不耐烦。

"没做。"男生摊开双手，甩了个白眼。

"不做就不做，懒得管你。"小组长走到后面去继续收作业，再也不像以前那样，因为谁谁谁没有交作业，吼个半天了。

不知道为什么，好像有些厌倦世事的感觉。终于，渐渐逼近叛逆期了。

那个时候，我们三年级。

四

在陌生的街角，很幸运地遇到了你们，在人生的路途，很幸运地邂逅了你们。

女生开始喜欢和男生在一起玩，开始分裂内部。讨厌谁谁谁，喜欢闹别扭，开始小心眼儿。

成绩好的女生开始把好朋友当做竞争对手，看朋友越来越不顺眼。

而其他女生，心思开始多了，喜欢和男生待在一起的感觉——因为他们比女生好相处。

相反，男生都是那种"呆头呆脑"的，从来不会顾虑太多，和自己的兄弟在校园里追逐打闹，时间从来没有夺走他们的什么。甚至——快乐没有减少。

渐渐地，男生女生闹起来绯闻。

"你看，她又和他在一起玩了。"几个女生窃窃私语。

"肯定对他有意思啦。"另一个女生凑过来说。

呵呵，那个心思细腻的年龄，那个开始长大的时候，我们都忘记了友谊还在。

那个时候，我们四年级。

五

就快要毕业了，不知不觉，四年过去了。

作业多了，我们不再像以前那样大大咧咧，反而有些收敛。身边再也不是一大堆人，只有几个知心好友在一旁说悄悄话。

再也不会像之前那样把秘密告诉对方，只会望向窗外，在心里对自己说话。

有些小自闭，有些小忧伤，呵。

朋友圈的范围早已经扩大，在其他班级也有几个聊得来的朋友。

叛逆的时候会全班向老师抗议，不把老师当做一回事，当然——请家长还是怕的。女生和男生偶尔打个招呼，大多在一起的时候都是在密谋——

"嘿，你们班测验了没有？难不难？"几个男生在一起说话。

"测了，你们背了第三课没有？要考啊！"隔壁班的男生翻开语文书。

几个男生回到班上，一大群女生进攻，开始询问题目。

呵呵，那时真的很"团结"呢。就连作业也可以在班上传一圈——

那个时候，我们五年级。

六

迎战小升初，不玩不闹，只把自己埋在习题里面，生怕考不上好学校。

再也不会偷懒不做作业了，每次测验后总会到处询问"你考了多少分？"把好成绩的都当做竞争对手，会为了低一两分而沮丧失落。

而在散学礼的时候，抱着同学与老师，终于不争气地哭了。

六年的时间啊，终于过去了。我们日思夜想的"毕业"，终于到了。可是，分别那么难受，像是要窒息般的感觉。

那天，大家都哭了，纷纷拿着水笔在同学的衣服上留下自己的名字。可是，却留不下时光——过去了，可能再也见不到了。

泪水滴落下来，眼圈红了。回忆太多，像是播放电影一般滑过脑海，原来，我们一直很幸福很快乐，都很在乎对方，所以在分开的时候，我们才会那么难过。

闭上眼睛想想，这六年我们哭过笑过，闹过玩过。

这样就够了。

那个时候，我们六年级。

七

时光不复返，所以请遗忘难过，相信终有一天会相见。

在那个夏天，留下了一个最美丽的句号。

阳光真的很温暖，而我们的未来会更加温暖。

青春需要能量

文 / 晴儿

"加油啊，就快到了。"就在我在跑道上扶着膝盖喘粗气时，一个穿着短袖运动服的男生突然从我身边窜了过去，看我只是瞥了他一眼，便停下脚步，又返回到我身边。

"不……不跑了……不行了……"我冲他摆摆手。

"不跑怎么行？坚持……"

"哗！"六月天真是娃娃脸，说变就变，他还没说完，豆大的雨点就打在我们的身上。

"天气预报说今天没雨啊！"他有些郁闷地抬头望望天，又有些无奈地看着我："还不跑？"看着他无奈的眼神和狼狈的样子，不知从何处升起一股力量，促使我冲向终点。

体育老师在终点掐着秒表等着我，在我冲过终点时，按下秒表。

"快走吧，下雨了。"体育老师嘟哝了一句，便捂着成绩单跑了。

"肺活量太差，期末考试怎么整？"他掐着腰看着我，然后一把将我拽进教学楼里，说声"再见"就跑了。

那是我第一次见到他，J中的体育王子——晨。

再次见到晨是一个晴午，骄阳似火，他和一帮男生在操场上打篮球，似乎对骄阳免疫。不知怎么，我去小卖部买了一根十元的冰棍，然后站在篮球架底下喊："晨，你的冰棍！"

晨在一片起哄声中迷茫地走过来："你……哦，是你啊。"

我开心地点点头："快吃吧！"看他还是有些呆愣地看着我，我的脸颊有些发热，闭着眼睛随手一指："他让我给你的。"

晨顺着我指的方向看去，轻声吐出几个字："没人啊……"

我正想着接下来该怎么说，晨却接过我手里的冰棍："谢谢你啊！"

期末考试如期而至。正当大家都在紧张复习的时候，我却一个人来到操场，望着"一望无际"的终点，我突然飞快地跑了起来。还是在那个地方，我跑不动了，扶着膝盖喘气，一副明显放弃的样子。

"这么长时间，还没练好啊。"就像那天一样，晨穿着短袖运动服从我身边窜了过去，在不远处停了下来，然后又走了回来，对我说了一句极有哲理的话。

听了这句话，我扬扬嘴角，奋力冲向终点。

体育考试，我的成绩出奇的优秀。

直到现在，那句话还萦绕在我的耳边：

"青春需要能量，成功就在前方，只有不停地奔跑，才有可能创出灿烂的人生。"

我比谁都相信努力奋斗的意义

文 / 夏墨

她，程蓝洛，一个喜欢口琴的冷淡女生。她，白筱忆，一个喜欢吉他的疯狂女生。他，陈穆，一个喜欢钢琴的优雅男生。她，叶梓儿，一个喜欢摄影的活泼女生。

一个偌大的房间里。

"啪啪啪！"叶梓儿为表演的结束鼓掌。"蓝洛，你的口琴吹的很棒，不过，你们的口琴、吉他和钢琴还是无法合奏，我们都初二了，练习的时间很少了。"叶梓儿思考着。"正因为初二了，我们才要疯狂嘛！"白筱忆大声欢呼着！"我们还是抓紧练习吧，梓儿，你还是点评哟！"坐在钢琴旁边的陈穆说道。

又是这样的一个下午，他们四个已经数不清过了多少个这样的下午了，依然无法合奏，更何况现在学习是如此的紧张。

四年前的学校走廊里。

"喂喂喂，蓝洛，筱忆，阿穆，听我说嘛！"叶梓儿拦住他们三个。"我们现在都四年级了，什么都不会，就会学习，该有个梦想了吧。"

陈穆拍了拍叶梓儿的头说："那你的梦想是什么呢？"

"我喜欢摄影，你们呢？"

"口琴。"

"我当然喜欢酷酷的吉他了。"

"我呢，钢琴吧。"

"那我们今天回去告诉爸爸妈妈，让他们送我们去学习好不好？反正我们四个住的都很近啊。如果真学出来了，你们三个合奏嘛，我为你们拍照！我们可以选时间一起练习啊。就阿穆家了，他们家是小阁楼！"叶梓儿兴奋地憧憬着未来。

"那梓儿摄影没有地方可学啊。"白筱忆提醒着叶梓儿。"我可以自己练习拍照查阅资料嘛！"叶梓儿说道。"好，就这么定了，来，一二三，加油！"

那年夏天，他们定下了这个约定。

之后他们开始了学习，最轻松的就是叶梓儿了，她只需用到处走走。

但其他三人的情况不乐观。

"吹，吹，吹什么，难听死了，不知道我送你去那里学习你到底有没有认真学好好学？不准吹了，给我写作业去！"妇人大声呵斥着。

——蓝洛

一声闷响后，手指也肿了起来，"怎么回事？哎呀，怎么又断了，你会不会弹啊！"会弹吉他的父亲嚷道。

——筱忆

"女士，您的孩子真的不适合学钢琴，请您把他带回家吧！"一位老师正和一位妇人说道。妇人转过去对孩子道："儿子，今天把你的朋友叫过来玩吧！"

——阿穆

四年前的那个房间。

"你们就打算这样放弃？到此为止？蓝洛，筱忆，阿穆，你们冷静思考的能力比我好得多，你们就好好想想，当初我们定下那个约定，为的是什么？我们说的不是玩玩，这是一个梦想，即使被人嘲笑，我们也要努力！"叶梓儿激动地劝服大家。

"我，比谁都相信努力奋斗的意义。筱忆，阿穆，没意见吧？"蓝洛开口道。

"没有。"

"那，我们继续加油！"

那天的谈话，从此改变了他们四个，从最好的朋友变成一起努力奋斗的伙伴，他们谁也想不到，四年后，他们的努力让他们只为合奏而担心。

上初中后，学习任务繁重了，他们还是会抽出时间一起练习。

他们在这四年间，看到了世界的残酷，却从残酷中逆流而上，成就了四年后的他们。以前曾看过蒋方舟说的一段话，她说："我对社会的残酷，没有怨言，只有好奇。我想沿着'残酷'，去寻找它的苦难，寻找它的父辈，它粗大的根系。我要溯流而上，期待憧憬着巨大苦难之源如世间最壮丽之景扑面而来。你敢吗？你来吗？"

四年的点点滴滴，弱水三千，在年与年的缝隙间破茧成蝶，练就稚嫩的翅膀，展翅飞翔。

现在他们依然在努力，他们都在期待着合奏的那一天，因为他们比谁都相信努力奋斗的意义。

对了，我是他们其中的一个。

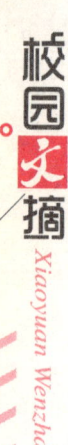

文学社

文 / 荆卓然

基本上都戴着眼镜
不戴眼镜的一般是主编和社长
基本上都满脸深沉
不忧国忧民哪来的千古流芳
个别显示苦大仇深的版本
十有八九自称诗人

言必经典名著
下笔刮肚搜肠　一不小心
复制了前人一行名句
赶紧呼朋唤友
快来欣赏我的锦绣文章

文学青年已不吃香
文学社团常常断粮
一群叽叽喳喳的小鸟
正在一个草窝里
研究如何变成凤凰

铁观音

文 / 唐宇佳

一把紫砂陶壶
泡上三月的功夫
时间就在茶中
过得风生水起

几度沉沉浮浮
煮过的
不过是
岁月的味道

铁观音
多么风雅
多么传奇

轻轻地，您走近了我

——致贵报刊杂志社

文 / 匡天龙

轻轻地，您走近了我
如一片温馨的花瓣
悄悄地靠近了我的鼻端
散发出油墨馥郁的芬芳
洋溢着浓浓的现代生活气息
从您这里求知拼搏释疑解惑
从此，我的心境不再荒芜
那片土地上常有我躬耕的身影

轻轻地，您走近了我
带着一路的征尘
积蓄着编辑们真善美的爱心
如阳光如雨露如春风
滋润我那方贫瘠的土地
品味人生学会了追求与探索
从此，人生曲折的漫长的旅程
孤舟已找准了驶向彼岸的航线……

海上的风

文 / 从雪龙

海上的风是一位花神，

它一来，

海面就绽开万朵白花；

海上的风是一位琴师，

它一来，

海面就奏出万种歌声；

海上的风是一位大力士，

它一来，

海面就送走万艘渔船；

海上的风是一头狮子，

它一来，

海面就掀起波浪滔天，汹涌澎湃。

青春驿站

汗水伴我奋斗

文 / 王璐瑶

汗水是奋斗的见证，也是这一滴滴汗珠陪伴我成就了小小的辉煌。

——题记

"滴答"，夏日曝晒，一滴汗水落在了手心里，它折射出了我在运动场上的灿烂瞬间。

身穿运动装，每个人都是那样英姿飒爽。我怀着惴惴不安的心情来到了跳高场地，还没开始比赛，心儿就已经提到了嗓子眼。用手抚摸胸膛，这热度，似乎有点烫手；这力度，仿佛山崩地裂；这速度，好像雨点落地。"克制住自己内心的胆怯，别害怕！"看了我许久的老师亲切地对我说。我点了点头，你知道吗，这句关切的问候给了我多大的信心。

我再次深呼吸，放松心态。时间如沙漏里的沙子，从一边流到到另一边……做完热身运动之后，看着别人的比赛成绩之后觉得更加轻松了。到我了，队友陪着我，不停地为我加油！当然，我绝不能辜负了他们。

全副武装之后，穿上钉鞋，我显得格外神气。虽没有专业的比赛服，却有宽松合体的着装；虽没有山呼海啸的助威观众，却有同伴和老师的支持；虽没有闪烁的灯光，但蓝蓝的天空在我的头顶，我还有什么奢求的呢？

　　比赛开始了，面对裁判员的白旗与红旗，我根本就不懂它们的含义。可我一定要尽心尽力，做好在赛场上的自己！口哨声一响，我便一个箭步冲了出去。粗心的我并没有记住老师的谆谆教导，全然忘了自己的节奏。一个不小心，腿碰了一下竿子，竿子落地了。我十分失落，可老师却依然微笑着，鼓励我继续努力。调整好步子之后，我便顺利地接二连三跨过了一个又一个竿子。但是遇到最后几个关卡的时候，似乎卡住了。本来就胆小如鼠的我，面对齐胸高的跳高竿子，真有点畏手畏脚。

　　几次跑到竿子面前又退了回来，这难度似乎有点高。从来不愿服输的我咬紧牙关，一鼓作气跳了过去。我真不敢睁开眼睛，就怕当我睁开眼睛时，竿子落下了。最后我取得了亚军的好成绩，虽然没有夺冠有点遗憾，可也累积了不少经验，可以说不虚此行。

　　在奋斗的路上有汗水相伴，让我们一起战胜困难，创造辉煌！

寻找幸福

文／唐婷婷

看了前阵子 CCTV 的街头采访，我也经常会在网上或班里逮个人问"你幸福吗"，可我自己从来没有想过：我幸福吗？

这天清早，我被爸爸温暖的话语从梦中惊醒。我从床上坐了起来，穿好衣服和裤子，下了床。洗漱好后，我来到餐桌前，一阵阵粥香扑鼻而来。我坐在椅子上，一边用勺子把粥往嘴里送，一边问爸爸："爸爸，什么是幸福？"爸爸微笑着摸着我的头说："傻孩子，幸福无处不在。而爸爸的幸福就是天天煮完粥，叫你起床和我一起吃。"我知道，爸爸是想让我自己去寻找幸福。但我还是不明白，幸福到底是什么？

喝完粥，我背起书包，向学校走去。一路上，我还在想着那个问题：幸福是什么？走着走着，由于我想得太入神，差点撞到电线杆。

来到学校，上课了，我仍然执着于那个问题。当我陷入沉思时，老师突然叫我上黑板做题，可我哪里知道老师是怎么讲解这道题的。我踏着沉重的脚步走上前去，就像是脚上锁着一条 100 千克的铁链一样。

来到黑板前，我的心就像太阳爆发，"砰砰砰"地跳个不停。我颤抖着手，小心翼翼地拿起一支白色粉笔。我一边在写，一边还不时地瞄了瞄老师的表情，生怕写错了答案。写完答案，我回到座位上。屁股刚碰到椅子，我就有一种不祥预感：大祸会临头。然而，老师用红色的粉笔在我做的题目上打了一个大大的钩。这下，我心里的那块石头终于掉了下来。老师转过头来对我笑了笑，好像在说："婷婷，恭喜你做对了！"我心里涌起一股说不出的美妙感觉。

当这天最后一次响起清脆悦耳的铃声，我背起书包，准备回家。路上，我唱着歌儿，一蹦一跳地走着。同学遇到我，向我打了声招呼；我遇到同学，也向他们打了声招呼。

夜深了，我躺在床上，回忆着一天的时光。当我再一次在脑子里闪过"幸福是什么"的时候，终于明白了幸福的真谛：就是做某一件事，享受在其中。与此同时，我也觉得自己很幸福。每天，当自己睁开眼时，就能闻到粥的香味，那是幸福；每次，当自己回答对问题，老师用赞许的目光看着我，那是幸福；每回，当同学向自己问好，也向同学问好，那是幸福……

其实幸福没有那么难找，它会在你不经意的一瞬间出现。

道歉？不道歉？

文／樊小颖

窗外的小雨"滴滴答答"下个不停，绵绵细雨似乎织成了一道雨帘挂在天幕，我呆呆地望着，泪水不再是热的而是冰凉的，让人寒心。

我慢步走到书桌前翻出铅笔盒，两支一模一样的钢笔静静躺在铅笔盒里，抑制不住的苦涩涌上心头，泪水再一次模糊了我的双眼。那天我误会她了，我的朋友——王璐瑶，我以为是她拿走了我的钢笔，可是……我望着那两支钢笔，心中仿佛打翻了五味瓶不是滋味。因为我也被人冤枉过，那种滋味真的不好受。但我不敢跟她道歉，我怕她会埋怨我，会恨我，可如果不去我们就再也不可能成为朋友了，我该怎么办？到底该怎么办！我真想有人告诉我答案，让我不那么矛盾饱尝煎熬了。

就这样我们俩的关系整整僵持了两个礼拜。每次看到她我都会避开；每次我都不敢正视她的眼睛；每次的谈话都是不尴不尬且无比短暂；每次看到两个小姐妹手牵手走过的时候，我的鼻子都会酸酸的。我现在不喜欢下课了，因为上课的时候我会把所有精力都投入学习，不去想任何事情，而下课的十分钟过得好漫长，我孤零零地一个人坐在那儿，看到别人都与自己的朋友结伴出去玩时真是羡慕、嫉妒、恨，回想起以前的课间好快乐啊，可是现在……我偷偷回头望了望后排的她，她双手托着下巴，眼神里透露出几份落寞，顿时那种涩涩的感觉蚕食了我整个心。我不再犹豫，拿出那支万恶的钢笔紧紧握着，深吸一口气，目光坚定径直向她走去，我要向她道歉，即使她不接受我也要试一试！

"我……我……那个……对不起！"我拿着钢笔的手有些颤抖，脑子里一片空白，一滴滴泪水又不受控制地掉了下来，一颗接着一颗，犹如断了线的珍珠。泪眼模糊中我似乎听到了抽噎声，她也哭了，但她还是强忍着安慰我不哭，可我哭得更厉害了，也就在那一刻，我把这段时间来埋积心底所有的不开心不愉快全都宣泄出来了。经历过风雨的友谊只会更加牢固，从那以后，我们又对彼此增添了一份信任。

在人生的旅途中难免会有难以抉择、举棋不定的时候，也许这个决定只会影响到一时心情，也许这个决定关系着生死存亡，但不论这个决定是大是小，请慎重考虑，一旦你决定了，不论后果是好是坏，你都要学会承担。

让人尖叫的过山车

文 / 余永森

今年暑假，我去了广州长隆欢乐世界。那儿的过山车可好玩、可刺激啦！

一进大门就能看见世界三大过山车之一——"十环过山车"。可别小看了它，它足有八层楼那么高，一个足球场那么大。

我刚站定，一辆十节的过山车就呼啸着从上面冲了下来，过山车上还不时传来阵阵刺耳的尖叫，引得周围的人争相端着相机抢拍那精彩的一瞬间。"看上去也没什么嘛，不就是多转了几圈，多拐了几个弯嘛！"看到他们尖叫成这样，我很是不屑："我们就坐这个吧！"一边说一边"不容置疑"地拉着爸爸妈妈往"十环过山车"那边跑。

经过一个半小时排队的煎熬，终于轮到了我们。我站在队伍的最前面，看着车上的人个个吓得满头大汗，听到从过山车上传来的阵阵尖叫，我开始半信半疑起来：真有那么恐怖吗？和我一起排队的人则议论纷纷，有的说："还是别坐了吧！"有的说："瞧他们那胆小样！"还有一小部分人则干脆打退堂鼓走了，丝毫不可惜自己排了这么长时间的队。看到不时有三三两两的人头也不回地离队不玩了，我也莫名地紧张了起来，双脚不知道什么时候开始发颤，感觉连站都有些站不稳了。当时，我也想掉头走人，但一想到排了这么久的队，好不容易轮到自己了，这样走了多可惜啊！一番心理斗争后，我最后还是麻着胆子，一屁股坐了上去。才坐稳绑好，连心理准备都还没做好的情况下，过山车就"哐"的一下启动了。也许是受到了刚才过山车上的人鬼哭狼嚎的干扰，几乎所有的人心理都一下子紧张了起来。

"哐，哐，哐……"过山车开始慢慢地向上爬，我的心跳也开始一点一点地在加速。爬到最顶端的时候，车子突然停住了，我那不断加速的心跳也跟着突地停止了。一秒……两秒……就在我们都全部放松了下来，没有丝毫警惕时，"嗖"地一下，过山车就突然带着我们以光的速度冲了下去。瞬间，我的视线模糊了，就连老妈的表情我都看不清了，虽然我可以想象得到她是一副怎样惊恐的表情。风从我耳边"哗哗"地吹过，除了风声，我好像什么都听不见了。

过山车开始疯狂地转了几圈，接着又像电钻似的顺着轨道不停地转，之后我们就像脏衣服一样，被"十环过山车"这个大型洗衣机不停地狂甩……整车的人都在撕心裂肺地尖叫着，我也晕头转向，但我没有叫——因为我正在不停地呕吐，脑子里一片空白。

也不知过了多久，速度终于慢了下来。哇！终于给了我一个喘气的机会。刚睁开眼睛，车子又在向上爬了。大家都惊魂未定，过山车突然来了个大"飘移"，整个车的人又尖叫了起来……等停下来，车厢已经被我吐了一地，以至于被爸妈扶了下来后，我还总感觉整个世界都像倒了过来似的。

后来，"意犹未尽"的我还去坐了"三大过山车"剩下的两个——"摩托过山车"和"垂直过山车"。速度非常之快，总担心会被它给甩出去的摩托过山车，和垂直而下、令人拥有跳楼一般感觉的垂直过山车同样让我刺激不已，尖叫不止。

怎么样？你是不是也心动了呢？心动不如行动，快来广州长隆欢乐世界体验一下吧！

印象杭州

文 / 姜静哲

　　杭州，许仙、白娘子断桥相会，梁山伯、祝英台化蝶齐飞……对我来说，杭州有着一股神秘的气息。这个暑假，我游览了杭州。它带给我的，却是一种截然不同的感觉。

　　坐着大巴，从一进入杭州开始，在车窗外的，不是繁华的街市，而是一座座连绵起伏的山峦。打开车窗，空气清新极了。

　　我去了很多景点，让我印象最深刻的是"锦绣风水洞"。沿着石子铺成的小径，我一边哼着喜欢的歌，一边徘徊玩耍。自然风景区的空气真是新鲜，我深深地吸了一口夹杂着泥土的芬芳气息、混着青草味儿和花香的沁人心脾的空气，让我神清气爽。山上的小瀑布飞流而下，水滴散落在树上、草叶上，闪闪烁烁，还朝我眨巴着小眼睛呢，似乎在召唤我快去进入它们的世界，去饱览这大自然创造的神奇魅景。站在洞口，一阵凉气朝我吹来，舒服至极。听导游介绍，洞里只有10℃，最深处还有终年不化的积雪。往里走，感到有丝丝凉意。刚刚还被火辣辣的太阳晒得满头大汗，现在竟冷得微微发抖，不由得夹紧了衣服。

　　洞内的石钟乳和石笋千奇百怪。有老人头，他用慈祥的眼神，望着远处的小孩，长长的胡须有两米长，还往下滴着水；有玉菩萨，她晶莹剔透，高大威武，据说把硬币丢上去不滑下来，就会心想事成，她身旁硬币数不胜数，看来有许多人许过愿；最栩栩如生的是一头猛犸象，它长而细的毛，一根接着一根，层次分明，比 4D 电影还逼真，巨大的身形更衬托出了它的威猛。

之后，我还与镶嵌在杭州的明珠——西湖来了个亲密接触。坐在游船上，欣赏着如诗如画的西湖，让我有感而发吟哦起"山外青山楼外楼，西湖歌舞几时休""欲把西湖比西子，淡妆浓抹总相宜"……湖岸两畔，种了许多柳树，密密麻麻的人群纷纷在湖边围着柳树拍照。从远处看，西湖就像一只明亮的大眼睛，而柳树则是眼睫毛，明眸善睐，美不胜收。

一滴水，一把伞，一个湖，一朵荷花的笑靥，杭州的自然魅力永存！

友谊，原来是那么笨

文 / 姚禹同

三年级的时候，我转学来到了这里。

踏入陌生的班级，我有些兴奋，也有些紧张——而这很快就消失了。班上许多同学对我的到来表示欢迎，并好奇地问这问那。个别热情的同学还把他的课外书借给我看。而你，我的同桌，一直沉默不语，仅仅是用微笑来表示对我的友好。直到最后我问起你的名字，你才告诉我你的名字叫涵。

下课了，许多同学邀请我去和他们一起玩，我便把你晾在一旁，加入了他们的队伍。让我奇怪的是：转学的第一天，尽管有许多同学对我十分热情，但我只记住了你，那个胖胖的、笨笨的、有些腼腆的男孩。

在班上混熟后，一次课间活动时，我不顾大家的反对，极力邀请你参加我们的游戏。但没玩多久，你就因为"太笨"输了。在大家的笑声中，你默默地转身离去。我这才发现你一向形单影只。因为你的沉默，你的"笨"。

期末体育考试要测试仰卧起坐，然而我的垫子上有一块污渍却怎么也擦不干净。恰巧那天我穿了一件白色的羽绒服，背上是一片耀眼的银白。看着脏兮兮的垫子，我犹豫着不愿躺下去。你看出了我的心思，毫不犹豫地把垫子和我对调了一下。考完以后，看着你深蓝色衣服后面那块若隐若现的黑斑，我心里有些愧疚，而更多的则是感动。

四年级的春游，回来时突然下起了雨。你变魔术般的从包里掏出一把伞递到我手上说："你先走吧，我还有事！""那你怎么办？""没关系，我包里还有伞。"我信以为真，和几名女同学共撑这把伞跑回了学校。不多久，你像落汤鸡似的出现在教室门口，对我疑虑的眼神只是憨憨笑了笑，并不作答。

　　转眼到了小学毕业时间。毕业典礼的班会上，平时不善言辞的你却讲了许多。你说，我是唯一一个从不笑话你笨的人；唯一一个主动邀请你参加游戏的人；也是唯一一个在你学习上遇到难题时主动伸出援手的人。你还说要把我们的友谊延续下去。

　　那一刻，看着我们这张从未画过"三八线"的课桌，想起你这几年来为友谊付出的点点滴滴，更从未料想，我这些不经意的举动竟然温暖了你渴望友谊的心灵。我突然明白：友谊，原来是那么"笨"。

情之所钟，正在我辈

文 / 拾令

> 每个人都不希望去伤害别人，而是希望自己能成为别人的一针除皱剂，帮助别人去除心理的一条条褶皱。却不知，过往的人和事却在自己心里不仅留下了褶皱，而且还有很多疤痕。
>
> ——题记

岁月是一条遮瑕膏。有很多事情，很多人，会在时光的流逝中逐渐颓唐，留下的一个个疤痕，那便是让人不知所措的情感。那些阳光下闪烁的印记，在岁月打磨下逐渐磨平。那些一个个疤痕所留下的斑纹，不知是彻底地消除还只是故作光鲜，但总会让人感到怅然。

我眼里渐渐浮现出了表哥那晚的背影——一米八三的个子在冷风里握着一杯啤酒瑟瑟发抖，不知是因为冷，还是因为在啜泣。

好久没有回家的表哥今年准时出现在了一年一度的家庭聚会上，着实让我有一些吃惊。

岁月果真是不饶人啊。想当年那个自称为"乔丹传人"的表哥，如今的身形竟也有一些佝偻了，可能是坐久了的缘故吧。表哥的风采却不减当年。他的笑容还是像我印象里一般爽朗，然而我看见了，却总觉得那背后总有难言的苦衷，便也有些难过起来。他看见了我，笑着摸了摸我的头，说："居然长高了。"我也笑着回了一句："是你长矮了。"

看着表哥又开始哈哈大笑，我顿时觉得他笑得比哭还难看。我愣愣地看着他……

表哥似乎总是一个为别人考虑的人。

表哥的高中成绩一直很优秀很突出，对于同学的要求他也总是有求必应。他学每一科都像是要拼了一样。我还记得我妈妈当时很奇怪地问他为什么，只要学好文科或者理科不就够了吗？表哥的回答是——他怕帮不到同学。

也正是因为如此，他的各科都很均衡，很突出。他在当年文理分科的时候费了很大的脑子。正如我曾看过的一篇文章里写的——"文科就像我的左手。我吃饭写字用右手，但翻书打牌却习惯用左手。生存还是死亡是哈姆雷特的问题。现在左手还是右手却是我的问题。"表哥是酷爱文学诗词的，尤其是《世说新语》。他的书桌上用便利贴工工整整地誊写了一句句诗词，下面满满地抒发了自己的感悟。我知道他是想选文科的。他再三斟酌下，准备选文科。然而后来他填的却是理科。理由很简单：他要考虑父母和老师的感受，他们希望他成为一名医生，于是他只能选理科。

我不知道表哥这样做究竟是孝子还是没有主见。当我在面临这样的选择的时候打了个电话给他。表哥沉默良久："选喜欢的吧，别像我那样，这个也想想，那个也想想。"我心里清楚，表哥其实很后悔。

在我的心里表哥一直是一个为人处世高手的代名词。从小到大他几乎没有让别人不开心过。原本我总觉得表哥为人处世实在是太厉害了，后来我发现，考虑的情感太多了，就会很累很累，累着累着，就会有人受伤。

表哥大学毕业的时候，优异的成绩可以让他留在本校的医学院拥有一份稳定的工作。这是多少人梦寐以求的事情啊！于是大姨便到处炫耀自己儿子的本事，却没想到，表哥的女朋友提出要回上海生活。于是表哥偷偷放弃了这一工作，跑去考了研。他考了全国第二名，却只填了上海的一所大学。当大姨反应过来的时候，表哥已经在研究生宿舍里和同学研究论文了。

大姨原本不是很生气的，毕竟这样也算是拥有了更大的工作平台。但是她知道表哥是为了自己的女朋友而放弃了工作，何况还是一个自己并不满意的女孩子，心里顿觉不平衡。一气之下，大姨把表哥叫了回来。那一次，表哥没有屈服。他执意要待在上海。大姨又拿外婆做借口，说外婆身体突然发病，想见见他。从小就是外婆带大的表哥当即买了最早一班的机票风尘仆仆地赶回了家。当表哥一推开外婆家的门，看见的却是外婆硬朗地跳着广场舞的身影和我哈哈大笑的表情，他马上就明白了这是怎么回事。

在与大姨沟通了许久之后，表哥愤然离家出走，还声称自己今晚绝对不会回家。大姨吓坏了，连忙把我们叫到她家来哭诉，以及乞求帮助。当大家都在城市的各个角落，类似于酒吧之类的地方寻找时，我却不以为然地径直去了最近的那家新华书店。一进门，直奔文学专栏，果然在那里找到了表哥。

星巴克里，我接过哥哥递给我的热巧克力，哼了一句："哥哥你也太没骨气了，居然只走到那么近的地方，舅舅他们还以为你去酒吧里买醉了。"表哥咕嘟了一句："你个小孩子懂个什么，人要想的东西可多了……"

表哥还是没有在外面过成夜。回家后，表哥好好地跟大姨道了歉，好好安慰了惊慌失措的大姨，并且保证自己以后如果有什么事情一定会和大姨商量。后来，表哥每每想起那天晚上，都会紧紧地闭上眼睛。

至于表哥的女朋友，据说表哥刚去上海没多久就分手了。那个女人只是提了个借口，以为表哥不会跟随她来到上海，想借此分手，结果却让她失望了。既然没有情谊，分手是早晚的事情。

我想着想着，看表哥在觥筹交错之间笑着应付一帮长辈劝其相亲的场景，心里有些不是滋味。

酒店里的包厢有一些闷。我拿了一瓶饮料在外面的阳台上透透气，本以为那个黑漆漆的小阳台是不会有人光顾的，结果却发现表哥在那里。

我蹑手蹑脚地走到他后面，本想吓他一下，却隐隐约约听到了抽泣声——他应该是喝多了吧，居然在哭！

我本想再蹑手蹑脚地退回去，不料却被他发现了。他叫住了我。我嘿嘿一笑转过身去，拍拍胸脯保证自己是绝对不会跟别人说的！表哥哼了一句，表示不屑："你说了也没有关系！圣人无情，下人不及情，情之所钟，正在我辈！你个小屁孩懂什么啊？"

我看着他被冷风吹得微微有些发抖的背影，感觉有一股泪正在往上涌着。

正确认识自己

摘编 / 陈红

　　爱因斯坦小时候是个十分贪玩的孩子，他母亲的再三告诫对他来说如同耳边风。直到他 16 岁的时候，有天上午他正要去河边钓鱼时，他父亲拦住他给他讲了一个故事。这个故事从此改变了爱因斯坦的一生。

　　父亲说："昨天我和咱们的邻居杰克大叔去清扫南边的一个大烟囱，那烟囱只有踩着里面的钢筋踏梯才能上去。上去时，你杰克大叔在前面，我在后面。下来时，你杰克大叔依旧走在前面，我还是跟在后面。钻出烟囱后，我发现你杰克大叔的后背、脸上全被烟囱里的烟灰蹭黑了。我心想我一定和他一样，于是我就到附近的小河把脸洗了一遍又一遍。而你杰克大叔呢，只草草地洗了洗手就上街了。结果，街上的人还以为你杰克大叔是个疯子呢。原来，他看我钻出烟囱时身上和脸上干干净净的，就以为他也和我一样干干净净呢。"

　　爱因斯坦听罢，忍不住和父亲一起大笑起来。父亲笑完后，语重心长地对他说："其实别人谁也不能做你的镜子，只有自己才是自己的镜子。每个人都应该正确地认识自己。"

　　要获得成功，就必须要正确认识自己。只有正确认识了自己，才能从自己的实际出发，确定自己的奋斗目标。

　　然而，人生最大的困难就是看清自己。在日常生活中，我们既不可能每时每刻去反省自己，也不可能总把自己放在局外人的地位来观察自己，于是只能借助外界信息来认识自己。正因如此，每个人在认识自我时很容易受外界信息的暗示，迷失在环境当中，受到周围信息的暗示，并把他人的言行作为自己行动的参照。

有一位心理学家曾经做过这样一个实验：他给一群人做完多项人格检查后，拿出两份结果让参加者判断哪一份是自己的结果。事实上，一份是参加者自己的结果，另一份是多数人的回答平均起来的结果。参加者竟然认为后者更准确地表达了自己的人格特征。

由此可见，人们常常认为一种笼统的、一般性的人格描述十分准确地揭示了自己的特点，心理学上将这种倾向称为"巴纳姆效应"。

在生活中，这种效应的典型反映是在算命过程中。很多人请教过算命先生后都认为算命先生说的"很准"。其实，那些求助算命的人本身就有易受暗示的特点。当人的情绪处于低落、失意的时候，对生活失去控制感，于是，安全感也受到影响。一个缺乏安全感的人，心理的依赖性也大大增强，受暗示性就比平时更强了。加上算命先生善于揣摩人的内心感受，稍微能够理解求助者的感受，求助者立刻会感到一种精神安慰，并对算命先生的话深信不疑。

要想避免巴纳姆效应，首先就要学会面对自己，要勇敢面对自己已有的"缺陷"或者自己认为的缺陷，而不是通过掩耳盗铃的方法把它掩盖起来。其次，还要培养收集信息的能力和敏锐的判断力。很少有人天生就拥有明智和审慎的判断力，实际上，判断力是一种在收集信息的基础上进行决策的能力。

除此之外，我们还可以通过一些重大事件来认识自己。从重大事件中获得的经验和教训可以提供我们了解自己的个性、能力的信息和发现自己的长处与不足。因为越是在成功的巅峰和失败的低谷，就越能反映一个人的真实个性。

由此可见，要想客观真实地认识自己，就需要树立正确的自我观念，正确对待自己，正确对待别人，摆正自己在社会中的位置，并看清自己所处的环境，明白自己周围的事物，看到自己的优势，发现自己的不足，向好处努力。只有这样，我们才能客观地认识自己。

每天进步一点点

摘编 / 贝贝

　　1986 年美国职业篮球联赛开始之初，洛杉矶湖人队面临重大的挑战。在前一年，湖人队有很好的机会赢得冠军，当时所有的球员都处于巅峰，可是决赛时却输给了波士顿的凯尔特队。这使得教练派特·雷利和所有的球员都极为沮丧。

　　派特为了使球员相信自己有能力登上冠军宝座，便告诉大家：只要能在球技上进步 1%，那个赛季便会有出人意料的好成绩。1% 的成绩似乎微不足道，可是，如果 12 个球员共同进步 1%，整个球队便能比以前进步 12%，这样湖人队便足以赢得冠军。结果，大部分球员进步不止 5%，有的甚至高达 50% 以上，这一年居然是湖人队夺冠最容易的一年。

　　每个人都懂得积沙成丘、集腋成裘的道理，但很少有人将这些道理付诸行动，而成功的人往往就是将这些道理变成行动的人。

　　每天进步 1%，就是每天进步一点点。每天进步一点点灵感，会使你于混沌之中豁然开朗；每天进步一点点智慧，会使你从困难中看到转机；每天进步一点点勇气，会使你从怯懦中获得成长。

　　成功者之所以会成功，就是因为他每天能多进步一点点。每天多进步一点点，可以使他的每一个当下都充实而又饱满，一次次的能量叠加最终会给他带来“翻天覆地”的变化，使他的人生发生从量变到质变的飞跃，从而实现了自己的人生理想。

有一种智慧叫变通

摘编 / 夏家龙

美国威克教授曾经做过一个有趣的实验：把一些蜜蜂和苍蝇同时放进一只平放的玻璃瓶里，使瓶底对着光亮处，瓶口对着暗处。结果，那些蜜蜂拼命地朝着光亮处挣扎，最终气力衰竭而死，而乱窜的苍蝇竟都溜出细口瓶颈逃生。原因很简单，因为苍蝇不是朝着一个固定的方向飞行的。

执着的蜜蜂困死在瓶中，懂得变通的苍蝇却找到生存的出口。这个实验的结果告诉我们：在充满不确定性的环境中，有时我们需要的不是朝着既定方向的执着努力，而是要在随机应变中寻找求生的路；不是对规则的遵循，而是对规则的突破。

其实，无数的动植物都懂得变通的道理：为了适应大漠的风沙干旱，仙人掌的叶退化为刺；为了适应西北的狂风肆虐，胡杨扎根深百米宽百米；为了适应海水的动荡，海带无根生存；为了夜间免遭天敌的袭击，羚羊挂角树上睡觉……

《我的青春我做主》中钱小样曾这样说过："别人是撞了南墙才回头，我是撞了南墙也不回头，我绕过去。"这里的绕，其实就是一种变通。

犹太人是世界上公认最聪明的民族，原因就在于他们有一颗善于变通的头脑。据说有一个犹太人提着一箱子珠宝到英国做生意。因为害怕珠宝被盗贼偷去，这个犹太人便来到银行想租一个保险箱保存这些珠宝。当他得知在银行租保险箱需要一笔高昂的费用时，精明的犹太人马上转变了想法。他找到了银行的经理，对经理说他想以这箱珠宝抵押贷款。经理看了看这箱价值连城的珠宝，痛快地答应了他的申请。当这个犹太人被问及需要贷多少钱时，他微笑着说："一英镑。"经理犹豫了一下，还是答应了。聪明的犹太人几乎不花一分钱就使他的珠宝得到了最安全的看护。难道我们不该佩服他精明而又善于变通的头脑吗？！

变通是人生的一种高境界，《易经》上说："穷则变，变则通，通则达。"所以，我们在遭遇困境时，要学会想办法改变，有改变才有可能继续发展，最后才有可能获得成功。

有一本《一变就通》的书，讲述了"水随器而圆，人随水则变通"的道理。文章指出："什么不可阻挡？变通不可阻挡！什么是无敌的？变通是无敌的！你知道世界上最善于变通是什么吗？有人说是变色龙，也有人说是天上的云，还有人说是女人的心。其实都不是。世界上最善于变通的东西应该是水。水是什么？诗人说，水是音乐，泉水叮咚，沁人心脾；科学家说，水是H_2O，是无色无味的液体；农民说，水是庄稼不可缺少的东西；防汛指挥部的人说，水是洪水猛兽；军事家说，水是百万雄兵，可以淹七军……然而，我却说：'水是变通'。"

只要我们能像水一样随着环境的变化而不断转变自己的思维习惯，不断改变自己的观念，我们就能走出人生的困境，进入新的天地！

经营好一生中的三天

文 / 李畈

有这样一个实验，一位教授让学生们手里拿着一本书，然后问学生们："各位认为这本书有多重？"有的学生说20公克，有的说50公克不等。

教授说："这本书的重量并不重要，重要的是你能拿多久？拿一分钟，各位一定觉得没问题；拿一个小时，有人可能会觉得手酸；拿一天，可能得叫救护车了。其实这本书的重量始终是一样的，但是你若拿得越久，就会感觉到越沉重。这说明任何一件事情，无论是轻还是重，只要我们一直不放下，那么这件事情就会越来越沉重，直到把我们压倒。"

人生实际上只有三天：昨天、今天和明天。能经营好这三天，就能经营好整个人生。

昨天无论是辉煌是失落、是快乐、是忧伤，都已经过去，它既不能代表今天，也不能代表未来，它只能代表已经失去的过去。对于过去，我们应学会放下，否则就像我们手中拿的书似的，会越拿越沉重。

明天还没到来，明天会有什么样的机遇或叵测，是辉煌，还是落败？我们谁也说不准。我们唯一能做的就是把握住今天。今天是昨天和明天的接力处，今天做得好，明天便有可能走向辉煌；今天做不好，明天肯定会出问题。因此，面对人生，我们既不能总是怀念过去，也不能总是把希望寄托在将来，而是要脚踏实地，全身心地经营好今天，要踏踏实实地活在当下，要把当下的每件事都做好，做圆满。只有这样，我们才能为人生画上圆满的句号。

让快乐成为一种习惯

摘编 / 南洞

　　快乐究竟是什么？对于这个问题的答案，仁者见仁，智者见智。有人说快乐是笑容满面，有人说快乐是拥有亲人朋友，有人说快乐是家庭和睦、事业顺利，有人说快乐是爱情幸福、婚姻美满，有人说快乐是身体健康、无疾无患，有人说快乐是成功后的喜悦，也有人说快乐就是钱……可见，快乐在每个人眼里都有不同的衡量标准与判断尺度。

　　从表面看来，现实生活中能为人们带来快乐的因素很多，人们的快乐也理应是多元化的，并且轻而易举就可以得到。但事实并非如此，在当今在这个纷繁复杂的社会中，各种压力排山倒海般地压在人们身上，快乐就像是一件奢侈品，很多人都会觉得烦恼和忧愁会多于幸福和快乐。

　　美国畅销书《如何快乐》的作者、心理学博士凯伦·撒尔玛索恩女士说过：我们的生活有太多的不确定因素，你随时可能被突如其来的变化扰乱心情。与其随波逐流，不如有意识地培养一些让你快乐的习惯，随时帮助自己调整心情。

　　快乐是人的思想处在愉悦时的一种心理状态，也是一种积极的情绪。乐观的人常常热情洋溢、精力充沛，且人缘极佳。在二千多年前，所罗门就曾说过："快乐的心犹如一剂良药，破碎的心却吸干骨髓。"西方也流传着"一个小丑进城，胜过一打医生"的谚语。所以，拥有快乐生活也是每个人内心最真诚的期盼。

其实，想要快乐起来很容易。文化昆仑钱钟书《论快乐》一文中说过这样一段话："洗一个澡，看一朵花，吃一顿饭，假使你觉得快乐，并非因为澡洗得干净，花开得好看，菜合你的口味，而是因为你的心里没有障碍，轻松的灵魂可以专注肉体的感觉来欣赏，来审定。要是你精神不痛快，像将离别时的筵席，随它怎样烹调地好，吃起来只是泥土的滋味。快乐纯粹是内在的，它不是由于客体，而是由于人们的思想观念和态度而产生的。"

由此可见，快乐不快乐，全由我们自己做主。快乐的人不论在什么地方，身处何种困境，他都会生活得很快乐。因为快乐的人有个习惯，那就是用乐观的眼光去看待发生的一切。面对同样的情境，快乐的人会看到生活中积极的一面，因而感到愉快开心；悲观者则只会看到生活中消极的一面，因而感到伤心难过。

据心理学家研究发现，人类的表现、感觉和反应有95%是习惯性的。同样，我们的态度、情感和反应也是在潜移默化中学来的，人们对一些小事的烦恼和不满的反应，往往都是出于一种习惯性的心理反应。萧伯纳说过："如果我们觉得不幸，可能会永远不幸。但是我们可以凭借动脑筋和下决心来利用大部分的时间想一些愉快的事，应付日常生活中使我们不痛快的琐碎小事和环境，从而使我们得到快乐。"所以，我们必须学会调整自己的头脑中一些消极思维方式，要培养一种乐观心态看问题，让快乐成为一种习惯！

挫折是人生路上必经的磨砺

摘编 / 杨佳

世界上最让人沮丧的事莫过于功败垂成——经过长时间的奋斗努力，眼看就要大功告成了，可就在距成功只有一步之遥时，功亏一篑。遭到了这样的挫折，谁都难免会灰心丧气。可静心想想，我们真的就前功尽弃了吗，我们所有的汗水真的就完全付诸东流了吗？

其实，事实并非如此。比如开路，我们要在一片荆棘中开辟一条出路，经过长时间的努力，终于开辟出了一条长长的路来，注目一望，却发现前面横的是一道峭壁悬崖，这一场努力算是白费了。许多人就这样放弃了，可有的人不一样，有了这一回的经验，他调转了另一个方向，另外开辟一条道路，经过了上一回的锻炼，他更加懂得如何去劈荆斩棘，而且臂膀也更有力量，进度远远比上一回快。终于，他开辟出了另一条路，通往的是成功的地方。

很多时间，我们之所以失败，是因为我们遇到挫折后灰心丧气，不再坚持，如果我们坚持下去，最后就一定能取得成功！谁都懂得没有一步登天的道理，可就有那么多人因为不能一步登天，而放弃了登天的努力。要知道，失败并不可怕，可怕的是我们在失败之后失去了坚持的勇气。

坚持是获取成功的秘诀，也是每一位渴望走向成功的人应该具备的基本素质。有道是"苦尽甘来"，当一个人通过勤劳苦干，让自己的能力提高到了一定的程度时，自然有各种发展机会的降临。

人生不可能一帆风顺，谁都难免会遇上一点小小的挫折。坚持可以使许多平凡的人变得不平凡。

美国著名电台广播员莎莉·拉菲尔在她30年职业生涯中，曾经被辞退18次，可是她每次都放眼最高处，确立更远大的目标。最初由于美国大部分的无线电台认为女性不能吸引观众，没有一家电台愿意雇用她。

　　但莎莉并没有因此而灰心丧气，她总结了失败的教训之后，又向国家广播公司电台推销她的清谈节目构想。电台勉强答应了，但提出要她先在政治台主持节目。"我对政治所知不多，恐怕很难成功。"她一度也十分犹豫，但坚定的信心促使她大胆去尝试。她因此一举成名了。如今，莎莉·拉菲尔已经成为自办电视节目的主持人，曾两度获得重要的主持人奖项。她说："我被人辞退18次，本来会被这些厄运吓退，做不成我想做的事情。结果相反，我让它们鞭策我勇往直前。"

　　雨果说过：没有风暴，船帆只不过是一张破布。只有经过逆境的磨砺，才会深刻体会成功的价值。在挫折面前，抬起你高贵的头颅，坚定自己的意志，在不断克服困难求得生存发展的过程中增长自己的聪明才干，最终才能成才。

　　一个拳击运动员说："当你的左眼被打伤时，右眼还得睁得大大的，这样才能够看清敌人，才能够有机会还手。如果右眼同时闭上，那么不但右眼要挨拳，恐怕连命也难保！"拳击就是这样，即使面对对手无比强劲的攻击，你还是得睁大眼睛面对受伤的感觉，如果不是这样的话一定会失败得更惨。

　　人生何尝不是如此？！一次失败并说明不了什么，如果继续努力，这次失败只能算是暂时没有成功；如果就此失去了继续努力的勇气，那么，这次失败就成了真正的失败！

　　平静的湖面练不出精悍的水手；安逸的环境造不出时代的伟人。挫折是人生路上必经的磨砺。若想提高自己，就必须用挫折锤炼意志，接受得与失、困与苦的洗礼！

图难于其易

摘编 / 毕辰辰

有一个朋友很久以来一直想自己做点事，但因机缘不成熟而一直没能实现。去年年初，这位朋友终于下决心辞职在家，想全力以赴来做自己想做的事。然而眼看一年半都过去了，他想做的事却迟迟没理出个头绪来。于是，去年年初的计划和目标只得一再搁浅和拖延，直到现在都没有丝毫的进展。

究其根本原因，则是因为他抱着一种"一口吃个大胖子"不肯从低处入手、不肯从简单处入手的做事心态造成的。正是因为这位朋友的这种追求完美的个性，凡事都力求做到最好，也就更增加了开头的难度。

当然，追求完美不是什么坏事，然而，凡事一定要追求完美，我们就什么也不敢去做！什么也没法做！这样不但会增加做事的难度，还会因过于挑剔而给自己或他人带来很多麻烦和障碍。

这个世界上并没有绝对的完美，所以我们也没有必要去追求什么完美，凡事只要尽力做到最好就好。这样，我们就能活的轻松，活得自在，活得真实和快乐！

在现实生活中，真正能"干一番大事业"的人少之又少，大部分人都是平凡大众中的一员，大多数的人都在干很琐碎、很平淡的"小"事。有些人适应了这种生活，以此为起点，孜孜不倦地努力着。而有些人则整日生活在抱怨之中，认为自己应该做轰轰烈烈的大事，好像只有做大事才能显示其雄才大略，实现其与众不同的抱负。殊不知，天下大事必做于细，难事必先从易事开始做起。离开小事，大事就只能成为空想。

《细节决定成败》一书中有这样一段话："芸芸众生能做大事的实在太少，多数人多数情况下只能做一些具体的事、琐碎的事、单调的事。也许过于平淡，也许鸡毛蒜皮，但这就是工作，是生活，是成就大事的不可缺少的基础。"

生活中的每一件小事都是"大事"的基础和细节，只有踏踏实实把小事做好，把每一件平凡事做得不平凡，才有可能为人生中的"大事"赢来机遇，并最终实现人生的辉煌！

亲情树

家务我也行

文 / 黄鑫晨

时间就像一个活力十足的小孩在昼夜不息地奔跑着，转眼间，就到来了悠闲自在的星期天。我有如神助，飞快地把语、数、英三门功课通通做得一干二净，半个字也不剩。

等疯完了闹完了，看着一片狼藉的房间，我心里默默地想：妈妈每天那么忙，回家又要做家务，我何不帮帮她？

于是，我像被施了魔法似的，拿起扫帚，一边扫得乌烟瘴气，一边闭着眼睛，嘴里哼着歌，欢快地跳舞。

“叮咚”，妈妈按着门铃。我跳舞跳得太投入了，根本没听见。妈妈便从口袋里掏出钥匙，一扭，门打开了。“哎呀，咳咳咳，呛……呛……呛死我了，谁……谁呀？”妈妈呛得直咳嗽，还流下了几滴眼泪。

我鼻子嗅了嗅，闻到了一股难闻的怪味儿，眼睛眯开一条缝，摸着尘雾，一步一步地向前走。好不容易找到了电风扇，插上插头。“呼呼呼”，电风扇发挥了威力，烟灰溜溜地逃走了。

妈妈看着我这幅狼狈不堪的样子，既好气，又好笑。她摸摸我的头，拧着我的鼻子，笑眯眯地说：“你呀，真是张飞绣花——粗中有细。”我做着一副很委屈的样子，噘着嘴说：“嗯，我只是想帮你分担一些家务，好让你回家省力些，不用那么累了嘛。”妈妈把我搂在怀里，和蔼可亲地说：“哎呀，我的女儿长大了，懂事了，知道孝顺妈妈了。

我呀，生了个好女儿！"我红着脸，害羞地说："可……这……"我还没说完，妈妈便正色说:"扫地的时候，要慢慢地扫，这样才不会起尘雾。"

我再一次地扫地，妈妈就在一旁看着我。我双手拿着扫帚，慢慢地扫，虽然有些累，但还是很开心。

原来做家务是这么的辛苦，我要好好报答我亲爱的妈妈。

爱在细微处

文 / 高子淇

　　母爱是久经干旱后的一场甘霖；母爱是黑夜里的一盏明灯；母爱是失落时的一种倚靠；母爱是涓涓细流，渗入我生活的每一个角落。

　　每天早晨六点，母亲都会准时准点起床，而此时此刻，我正在睡梦中徜徉。母亲起床后，第一件事情，就是来到我的房间，叫醒我。之后，母亲来到客厅，打开录音机，选择一段英文，按好复读键，一遍一遍重复我前一天晚上没有背下来的段落。

　　每天如此，日复一日年复一年。沉浸在这份准点到达的母爱之中的我，似乎对这个细微之处的爱有些麻木……

　　我的麻木曾经深深伤害了母亲。那天，我因为被连续不断的考试所压迫做了一个噩梦，一晚上没有睡好，早晨十分烦躁，母亲一如往常准时准点来到我的房间，准时喊醒我。我正在烦躁不已，听到母亲叫我起床的声音，怒火竟然没头没脑地一下子窜上来，我冲母亲大吼一句："出去！"

　　母亲似乎被我突出其来地吼叫吓呆了，足足愣了十余秒，然后轻轻退出去并随手轻轻关上我房间的门。

　　母亲出去后，我开始后悔刚才不该拿母亲出气。想到母亲平时对我无微不至的关爱，心里十分愧疚。我不知道母亲有多么伤心，也无法确定以后母亲还会不会像往常那样给予我细致入微的关怀。

第二天早晨，一段美妙的音乐把我从梦中叫醒，我睁开眼睛惊愕地发现，我的房门似乎开了一条小缝。从小缝隙中飘来的是一段我平时最喜欢听的钢琴曲。原来，母亲为了不再惊醒梦中的我，没有选择走进我的房间，而是自己提前起床，悄悄地把我的卧室门推开一条缝，想让音乐从门缝中飘进来把我叫醒。霎时间，我的心被那细微的爱所感动。

　　自上学以来，母亲每天都要比我早一个小时起来，匆匆叫醒我，匆匆帮我整理房间，仔细检查我的学习用品，精心准备早餐，匆匆向我道别，叮嘱我好好学习，路上小心……

　　进入初三，我变了，心情烦躁时经常对母亲大喊大叫。面对我莫名的喊叫，母亲总是说："你在烦什么呢，孩子？"母亲从来不说一句指责我的话，也丝毫没有顾及到自己的感受，一如往常地帮助我，关心我，安慰我，用温暖的眼神和微笑的面容驱走我心中的阴云。

　　母爱比天还宽，比地还厚！有人把母爱比喻成春风，吹融了冬天的坚冰，也有人把母爱比喻成小雨，洗去心灵的尘埃。我却说，母爱是清晨我房门开的一条小缝。

　　爱在细微处。

堂弟欧阳灏

文 / 欧阳奕帆

我的堂弟欧阳灏，说起来可真有意思。

欧阳灏是个小胖墩。听奶奶说，早在他还是婴儿的时候，就已经是小区里最有名的小胖子，到现在就更了不得了。虽说只有六岁，体重却达到了惊人的 60 斤——全身上下都是肉！因为胖，他走起路来也是屁股一扭一扭的，活像一只小河马……

欧阳灏很调皮。有天上午，当医生的小叔叔接到学校老师打来的电话，说欧阳灏肚子疼得受不了，需要马上送医院。小叔叔急忙赶到学校，赶紧将欧阳灏送到医院，并叫他的同事准备了一支特大号的注射器，好给欧阳灏打屁股针。欧阳灏被这个阵势吓倒了，哭喊道："我没病，我是装的！"并招供自己是看了一本书学到的伎俩。回到家后，自然没少被罚——欧阳灏可真傻呀，装病的伎俩怎么能逃脱他那医生老爸的法眼呢？不过，话又说回来，欧阳灏那次"无病呻吟"的结果，竟然使他更爱学习了。

欧阳灏是个不折不扣的小吃货。每次从广州回到赣州来，他餐餐必须有牛肉、鸡腿和清蒸鱼，否则就吃不下。每次在奶奶家吃饭，饭桌上的牛肉、鸡肉一定是为灏子专做的。灏子的牛肉必须有味且不能太辣，而且只吃牛肉不吃配料。更让人受不了的是，他吃鸡必须吃"活肉"，只吃鸡身上的运动部位——鸡腿和鸡翅，其他部分一律不吃。家里的鸡腿和鸡翅满足不了胃口，他还要去肯德基"啃啃"。有一次，他来我家吃饭，点的是香酥鸡和牛肉。可菜一端上来，他又居然嚷着要吃荷包蛋。哎哟，这吃货也太难伺候了吧！

欧阳灏还是个游戏迷，最喜欢玩电脑，而且非网络游戏不可。他玩游戏的时候，总是会"啊啊"地大叫。跟他说话，他也是手不离键盘，眼不离屏幕，没时间的样子。如果不打扰他，他能在电脑前狂玩一个上午。他最喜欢玩的游戏是植物大战僵尸。为了闯关，他买了许多植物大战僵尸的卡、词典和游戏攻略，还经常跟我和龙哥说游戏的玩法。每次我玩游戏的时候，他仿佛不是弟弟，而是我的哥哥，总是不厌其烦地教我游戏秘诀。为了提高我的游戏闯关能力，有一次，他居然建议我坐火车去广州买5毛钱的游戏卡——也不怕我破产，真是一位"贴心"的游戏高手！

这就是我的弟弟，一个调皮可爱的吃货兼游戏迷的胖小子！

亲情无极限

文 / 邱慧伶

"嘿，嘿嘿。"脑海里突然浮现出他这样宽厚爽朗的笑声，泪水顺着眼眶缓缓流出，思绪不知不觉回到了过去……

他，一个傻乎乎的男孩，说话总是有些结巴，繁杂的语言总是用"嘿，嘿嘿"三声爽朗的笑声代替。他不是别人，而是我的双胞胎哥哥。

小时候，我总是嫌他烦，一句话不能超过三个字，让人听了就心生反感。在同学面前，我不敢欣然承认有这样一个哥哥，我不喜欢和他一起上下学，不喜欢喊他哥，不喜欢和他多说上几句话。可是他并不介意这些，不介意我的一切所作所为。

每当我嘲讽他时，他总是嘿嘿嘿地笑上几声，然后转身离去，从来不生我的气。每当我让他买东西时，他不会说好或者是否，只会用眼睛看着我，然后真诚地发出"嘿，嘿嘿"的声音。我厌恶这三个字，并一次次告诉他："闭嘴，我讨厌这三个字。"可他永远不会因为我讨厌他笑而生我的气，总是转身砸开自己的存钱小猪，然后胡乱穿上外套，冲下楼去。不过几分钟，我要的东西就能摆在面前。

面对他用自己攒的钱为我买来的东西，我懒得说上一句"谢谢"，把这一切的一切看成理所当然。以后还会变本加厉，一次又一次唆使他去买东西。而他则像是一只听话的狗，"嘿嘿"之后，就会为我买来我想要的一切。

时间如流水般流逝，在这平平淡淡的生活中，他每天总是一如既往地对我"嘿嘿嘿"。

　　那天，我十四岁的生日，当然也是他的生日。我早早地回到家，坐在家里等待一场盛大的生日 Party，看着分针和秒针一次次碰撞，宽敞的家里只有我一个人静静等候。

　　"叮铃铃。"门铃突然响了，我兴致勃勃地跑去开门，门外是他。看到他安静地站在门外，我不满地说："怎么这么晚才回来，不知道我生日啊？礼物呢？蛋糕呢？"他张开嘴，结结巴巴说："订了，一会儿……会儿领。"

　　可能是因为他的口吃，也可能是因为没有人来庆祝，我有些愤怒，指着他："还不在蛋糕店里等着，生日没蛋糕算什么啊！"

　　他冲着我嘿嘿一笑，转身又出去了。

　　我在家里继续等待，时间一分一秒过去，清晰可听的嘀嗒声响彻整个房间。我的心一点点失望了，不知道他是不是生我气不回来了，还是因为什么。

　　5点，6点，7点，他依旧未归。

　　我的手机突然响了，妈妈在电话里大吼："快点去 A 医院，你哥哥出车祸了！"我的脑袋一懵，不知道是如何奔到医院去的，记不起一路上都想着什么。

　　到了医院，我看到他躺在病床上，满身插着各种管子，手心里还有一抹乳白色的奶油。我撕心裂肺地大喊："哥哥，你快醒啊！"他没有理我，没有冲我"嘿嘿"的笑，"滋——"他头边上的心电图变成一条直直的线……

　　我轻轻用手抚摸着桌角上他的遗像，有些苦涩地模仿他"嘿嘿嘿"笑起来，泪水已经淌满了整个面庞。

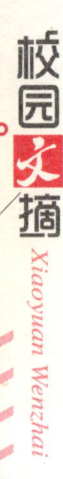

我只想在家多待一会儿

文 / 陈吉

　　以往和现在，我能够偶尔与家人聚于一堂，这说明了我也不是现在才和家人隔着一条天河。可是一直以来，那种渴望团聚、痛恨别离的感情又有几人能理解呢？想起那些被旁系亲戚冷言冷语伤害的情景，我就会感到酸楚和无奈。

　　童年，我寄住在大山深处的舅舅家，过着上学、放羊和砍柴的生活。每天黄昏，我将羊群赶到山上后，就在山顶上徜徉或砍柴。在徜徉中，那颗平静的心突然就一落千丈，望着密云细想，如果将其层层掰开，也许就能见到家，见到父母忙碌的身影了。我还时常站在山头，等待在某个日子见到父母在山里逶迤前行的身影，然后那身影越来越清晰，直到他们站在我面前冲我微笑说："我来看你了。"但是我一次次发现，愈走愈近的身影不是我的父母，希望一次次落空。

　　后来有一天我病了，我异常开心激动，因为舅舅要带我回家，让父母带我去医院检查。我和舅舅走在蜿蜒的山路上，最后打了一辆车，心情澎湃，直奔家的方向。刚跨入家门那刻，我就看到母亲在厨房忙碌，我细声叫了声："妈。"母亲闻声后激动地转身冲我微笑，而我潸然泪下。我只顾流泪，不好意思说："妈，我想你了。"母亲紧紧将我搂在怀里，哄我不要哭。舅舅看到这种场面，表情异常尴尬。

　　可惜我的病只是小病，父母给我买了药，给我炖了鸡肉。吃罢，我在家仅待半天多，又被送进深山。到舅舅家后，他几次当面埋怨："真矫情，你在我家吃得不好吗？好像吃了很多苦似的，一进家门就哭，让你爸妈以为我亏待你了。"我本想对他说："我是想爸妈了。"可是面对严肃苛刻的大人，我唯有垂头离开，找个没人的角落发呆。

这和我多年后寄住二妈家发生的情景异常相似。

在一个节日，父母打电话让二妈带我回家聚餐。这次我没一进门就哭，而是充满了幸福的微笑。和父母在一起和乐融融。可是瞅着渐渐偏西的日头，我知道这次又会和前次一样，吃完饭就被送到另一个家庭。因此在父母喊我吃饭时，我躲在屋外的角落里垂着头，目光呆滞。父母一次次拉我去吃饭，我死活不离开那个角落，以为只要不吃饭，我就会在家多待一会儿。我还是被父母抱进了屋里，他们给我碗里盛满了鸡肉。我坚决不吃，因为吃了就要被遣送走。我生气地说："鸡肉难吃！"不过在父母的软磨硬泡下，我还是吃了。吃过饭休息片刻，二妈就将我从父母身边带走了。

刚到二妈家，她就气愤地坐在椅子上批评："今天你和你爸妈闹什么闹？好像在我家吃了苦，过得不好一样！"二妈生起气来往往喋喋不休，我不敢望着她充满怒火的眼神，只有将自己关在屋里难过。

随着年龄增大，心智逐渐成熟，我意识到，即使从小和父母团聚的时光都异常短暂，但总有一个与家人朝夕相处的未来。不过，一想到童年屡次被亲戚冷言冷语所批评的事情，我依然难过，不止一次在脑海里重复："不是你们所想的那样！不是你们所想的那样！"

为什么他们就无法感知，一个孩子在最需要父母陪伴的年龄而没有得到陪伴，他会多么孤单，会多么念家？即便我没有直白地告诉他们，他们也该知道"经久不见喜极而泣"和"悲欢离合"乃人之常情。

"口头禅"与"紧箍咒"

文 / 李骏飞

　　我学习成绩还不错，就是有时候看电视太入迷，不管大人怎么叫我都听不见；即便听见了，不管他们叫我干什么事，我也只是随口答应，照样是按兵不动。为此，老爸没少费口舌，但却一直苦于没有什么好办法改变我。

　　一天，我在家里读《千人诵读——弟子规》，爸爸在一旁专心地看着报纸。正当我摇头晃脑地读到"父母呼，应勿缓；父母命，行勿懒。父母教，须敬听；父母责，须顺承"时，爸爸突然"哎呀"一声，放下手中的报纸，转过头，眼睛死死盯着我看。我被老爸突如其来的怪异举动弄糊涂了："干吗，老爸？"

　　见我有点懵，爸爸抚着我的头，语重心长地说："我刚才听到你读'父母呼，应勿缓……'好像你平时并不是这样做的哦！常常大人叫你，你却没注意听，而是在干自己的事情；大人有事交代你，你有时会拖延或偷懒，读了《弟子规》你可要时常记着，改正过去不好的行为。至于你做得好的地方，比如大人教导你做人处世的道理，你会认真地聆听；大人批评你时，你一般能够虚心地听取，这些优点你可要继续发扬……"

　　爸爸的一席话，直把我听出一身冷汗，顿时语塞——因为我觉得书上那几句话简直就是针对着我身上的毛病说的。此时此刻，空有优秀辩论口才的我想反击老爸也英雄无用武之地了——毕竟理屈词穷嘛！我只好惭愧低着头认错："哦，知道了，我一定有则改之，无则加勉！"

从那以后，《弟子规》上的这几句话便成了老爸的口头禅，常常挂在嘴边，自然而然地也就成为了我的紧箍咒。只要我一出错，它们就会在耳边响起……不过，还真得谢老爸的这几句"口头禅"，让我这个"皮猴"改掉了那个老毛病。

仁爱比聪明更难做到

文 / 李媛

　　全球最大的网上书店亚马逊公司的总裁杰夫·贝索斯小时候，经常在暑假随祖父母一起开车外出旅游。

　　10岁那年，贝索斯又随祖父母外出旅游。旅游途中，他看到一条反对吸烟的广告上说，吸烟者每吸一口烟，他的寿命便缩短两分钟。正好贝索斯的祖母也吸烟，而且有着30年的烟龄。于是，贝索斯便自作聪明地开始计算祖母吸烟的次数。计算的结果是：祖母的寿命将因吸烟而缩短16年。当他得意地把这个结果告诉祖母时，祖母伤心地放声大哭起来。

　　祖父见状，便把贝索斯叫下车，然后拍着他的肩膀说："孩子，总有一天你会明白，仁爱比聪明更难做到。"祖父的这句话虽然只有短短的19个字，却令贝索斯终身难忘。从那以后，他一直都按照祖父的教诲做人。

　　聪明是一种资质，可能是先天的，也可能是后天培养的，聪明用在正道上才会使别人受益，而仁爱，却很难在书本上学到。仁爱就是对别人心怀慈悲，需要克己复礼，需要小心谨慎，需要谦逊温和，需要牺牲，需要为他人付出自己的爱的品质。所以说仁爱比聪明更难做到。

给孤独的孩子一个上帝

摘编 / 穆珍秀

有一个叫蒂娜的小女孩出生在一个没有温暖的家庭里，她爸爸经常酗酒，妈妈则是沉溺于吸食海洛因。她因为有这样的爸爸和妈妈而经常受到老师和同学们的取笑，更让她伤心的是，老师经常说她是一个坏孩子，同学们也都不和她玩，她很孤独。

蒂娜九岁时，就读于英国伦敦市区的一所小学里，有一天，她给自己心中的大明星杰克船长写了一封信。在信的最后，蒂娜希望上帝能够派杰克船长带领他的部下来推翻她的老师。

这封信辗转多次到了正在伦敦拍摄《加勒比海盗4》的约翰尼·德普的手里。看完这封信，约翰尼·德普心里很不是滋味，也非常想帮助蒂娜，因为他知道一个孩子如果不被同学们和老师接纳，是一件非常痛苦的事。考虑再三，约翰尼·德普决定给九岁的蒂娜一个惊喜。

一天，蒂娜所在的学校接到了约翰尼·德普打来的电话。约翰尼·德普在电话里向校长提了一个要求，就是他希望学校能配合他给蒂娜一个惊喜。校长惊喜地答应了约翰尼·德普的要求。

这天，蒂娜又向往常一样来到学校，这天是她的生日，而她的爸爸妈妈却好像忘记了这件事。为此，蒂娜十分伤心。就在她坐在座位上准备上课时，老师突然通知所有的同学都到学校里的礼堂集合。蒂娜也随着同学们来到了学校的礼堂。

突然，蒂娜听到老师说："下面请我们的杰克船长登台！"

随后，约翰尼·德普率领着同事们登台表演了。约翰尼·德普和同事们表演的一段海盗舞蹈，由于时间所限，约翰尼·德普表演了大概十五分钟。

表演结束的时候，约翰尼·德普说道："今天是蒂娜的生日，上帝派我来给蒂娜过生日，希望蒂娜今天能过一个开心的生日！可是很抱歉，我不能把老师推翻，因为在学校不远处就有警察埋伏，如果推翻老师，我们将不能走出学校。"

约翰尼·德普说完这段话，台下马上响起了热烈的掌声和对蒂娜的祝福声。随后，约翰尼·德普和蒂娜拥抱祝福。

这一切简直就像在做梦，蒂娜早已惊呆了！她没有想到自己写给杰克船长的信居然被杰克船长收到了，更让她没想到的是杰克船长竟然真的带领着他的部下来给她过生日了，最让她没想到的是杰克船长竟然因为没有推翻老师而给她道歉！

约翰尼·德普的到来让蒂娜的老师知道了自己的过错给蒂娜带来了太多的伤害，于是，老师也向她道了歉。随后，同学们也都纷纷向蒂娜道歉。

感受到老师和同学们对自己的接受，蒂娜第一次感受到了幸福和快乐，蒂娜再三的感谢上帝和约翰尼·德普。

这件事经报道后，很多人都在猜测为什么大名鼎鼎约翰尼·德普会为了一个小女孩的生日而大费周折？在《加勒比海盗4》的新闻发布会上，约翰尼·德普说道："在我小的时候，因为我爸爸工作的原因，我们总是不停地搬家，四年多里，我们搬了三十多次家。那时候没有老师，也没有朋友关心我，我最常做的事情就是祈祷上帝可以给我一个和蔼的老师和陪我玩的同学。所以我收到蒂娜的信的时候，深有感触。我希望我可以给她一个上帝。"

鬼马狂想曲

玉帝的新年礼物

文 / 薄睿宁

凌霄宝殿上。

各路仙家井然有序地立在玉帝面前。玉帝威严的脸上露出一丝不易察觉的微笑："众位爱卿，快过新年了，你们要什么新年礼物啊？"话音未落，各种声音就在凌霄宝殿里回荡起来。

"玉帝，订我们花果山的蟠桃！又大又甜！我给你打八折！"孙悟空首先叫嚷起来，而二郎神不等他说完，就嗷嗷道："订哮天犬代言的啸天狗肉！不好吃不要钱！"

"陛下，您还是选择如来佛亲笔签名的经书吧！"唐僧慢慢悠悠地说道。

"使不得！这从炼丹炉里炼了七七六十四天，哦，四十九天的仙丹可以延年益寿！"太上老君抢着发话。

"别！吵！了！"玉帝脸涨得通红，发出了一声气急败坏的吼声。

各路仙家自觉失态，都纷纷垂手侧立，等待玉帝发布命令。幸好玉帝没一会儿就恢复到白脸状态："嘿嘿，礼物早就准备好了！"玉帝一拍手，许许多多的礼物盒子就都飞了过来。

"这是给孙悟空的！金箍的纯金仿制版！戴在头上，又时髦又不用担心紧箍咒！上面还有蟠桃标识哦！"玉帝一边滔滔不绝，一边把纯金仿制的金箍送给了孙悟空。孙悟空兴高采烈地把它戴到了头上。

"这是给唐僧的，翡翠经书挂坠！"唐僧此时已经一把把翡翠经书挂坠给夺了过去。

　　"这是太上老君的，炼丹炉笔架……"话音未落，各路仙家便都涌上来，大喊着："我的，我的！"一边伸手去夺。玉帝几乎要被挤飞了，只能看见两只胳膊在人群中乱甩。

　　一阵漫长的喧闹后。各路仙家都欢喜地提着自己的礼物回家了。玉帝抹抹额头上的汗："送礼也有生命危险啊！"他的脸上掠过一丝微笑。

　　"咕咕呱！"负责报时的猫头鹰星官转了圈脖子，打了十二个鸣，表明已经是十二点了。此时许多神仙都已经进入了梦乡，除了——孙悟空，他活力倍棒，一天只睡一个小时——十二点到一点的中午觉。

"哈欠！"大吃着蟠桃的孙悟空突然感觉困意袭来，他不由自主地打了个哈欠。渐渐感觉头十分沉重，"今天，怎么，这么困？"说着，就一头栽倒在桌上，半晌就开始哈欠连天了。

　　第二天，第三天，都是如此。孙悟空不禁起了疑，他左思右想，终于把嫌疑定在了自己脑袋上的纯金的仿制金箍上，"莫非，玉帝赐给我的是一个……昏睡仪？"

　　"这，不会吧？"猪八戒听完孙悟空的疑惑后，摇摇肥肥胖胖的猪脑袋："不对不对，我的九齿钉耙牙签可对我没什么作用，你看我现在一点也不困啊！"

　　"呆子！你一天几乎都在睡觉！当然不困！"孙悟空捶了猪八戒一拳，他喃喃道："不行，我得找个晚上像我一样不睡觉的！"

　　"这，我去找谁呢？"孙悟空又犯了难，突然，他脑袋里灵光一现："对！就是他！"说着就仿佛发现了二百块大洋一般，兴冲冲地往一个地方飞去。

　　唐僧家。

　　"南无阿弥陀佛，南无阿弥陀佛！"唐僧正在边敲着木鱼边诵着佛经："悟空，来为师这里所为何事？"孙悟空抓耳挠腮一般（经典动作）："嘿嘿，就是问问师父晚上十二点困不困。"唐僧摇摇头，许久又点点头："悟空所言极是，我近几天每到十二点就困意袭来，无法念经，沉沉睡去。"

　　孙悟空挠挠头，嘿嘿一笑："师父，待我去细细查访查访！"说着就要架起筋斗云而去。

　　"有时间多读读佛经啊，别光打打杀杀的……"唐僧朝着孙悟空离去的背影大喊道。孙悟空可无心听这些，他心里充满了愤怒，三个肺都气炸了——好吧，如果他有的话。猴毛倒竖，但孙悟空的大脑正以每秒钟八百次的速度运转着："我戴上纯金仿制金箍就呼呼大睡，师父戴上翡翠经书挂坠也是如此，那玉帝老儿搞什么鬼？"

　　"莫非，他是妖怪变的？"孙悟空灵光一闪，他变成一只蜜蜂，嗡嗡嗡嗡地朝着托塔李天王家飞去。孙悟空在李天王家找啊找啊，终于在他家的洗脚盆下发现了许久不用而蒙上一层灰尘的照妖镜。

　　"只好先斩后奏了！"孙悟空一把抢过照妖镜，朝着凌霄宝殿飞去。"哒！"孙悟空一声大喝，把照妖镜往玉帝脸上照去——镜子里竟然是一只张牙舞爪的金雕！

　　"呀！"孙悟空怒极，抄起金箍棒就要打玉帝。玉帝吓得连连摆手："悟空啊，你吃错药了吧？"

　　"俺可不听你胡言乱语！谁让你给我在仿制金箍里下催眠药的？妖怪！"说着就"嘭"的一声打下。

　　玉帝一边笨拙地躲闪，一边连连摆手："不不不，由于有的神仙过度劳累，需要休息，我是邀请太白金星在里面加了个催眠钟，至少保证十二点到早晨六点的睡眠！"

　　"哦！"孙悟空缓缓点头，他正想把金箍棒给收起来，却又脸色一变："那你也是妖怪变的！"

　　"大圣！大圣！"远远地，孙悟空看见两个人影迅速逼近——原来是李天王和哪吒。

　　"大圣，你又盗取我的宝物了吧？"李天王捋着飘逸的胡须。孙悟空不好意思地摇摇头："是啊！我盗了照妖镜，不过，我发现玉帝是由妖怪变的！"

　　哪吒哈哈大笑起来："大圣，你拿去的哪是照妖镜啊？照妖镜被我父和衣而藏，随身携带。你拿的是我的照人镜！用它照人和神仙时，就会出现妖怪的相貌。如果是照射妖怪，就会出现人的面庞！"孙悟空起初还疑惑，照照李天王，是一只大象，哪吒反而变成了鱼。他乐了："好玩，真好玩！我冤枉了玉帝啊！"

说着孙悟空就拿着照人镜往自己脸上照去，镜子里出现了一个相貌儒雅的书生。"啊？我是妖怪？"孙悟空大惊失色。"大圣，别忘了，你可是猴子啊！刚开始，你的称谓是'妖猴'。"哪吒话音未落，大家就都爽朗地笑起来。

几天后，猪八戒一脸困意的来找孙悟空："师兄，我这几天老是失眠，每天只能睡十二个小时，还情不自禁地锻炼！"

孙悟空一言不发，心里却偷偷笑起来：这玉帝的新年礼物看起来还真不错。呵呵，不过，后来我让太白金星在八戒的九齿钉耙牙签上加的起床钟和锻炼钟起作用了！

一只名叫巴郎的狗

文 / 袁义翔

一

你习惯地摇着灰色的尾巴，用那黑黑的鼻头轻轻嗅了几下，便蹲在一块破旧的水泥板上，静静地等候着。你害怕的眼神紧紧地盯着地面。风儿刮过，都会令你紧张得一动。你把细细的腿靠在一块大石头上。凌乱的灰在你的身上跳跃，像梳头一般理顺着你的毛发。你脆弱的双腿在风中瑟瑟发抖，好像草丛里随时会突然冒出某种动物，要咬断你那由几根骨头支撑起来的小腿。终于，垃圾箱恢复了安静。你抖抖毛，很快又进入了梦乡，那个属于你的世界……

二

仅仅安全的一天过去，但不知哪里还会充满杀机呢？你一直在逃避，为自己年轻时犯下的大错。你依然清晰记得，三年前的你，踏着坚定的步伐，神色自然地盯着每一个角落。你正准备和对手来一场生死搏斗。你依然是条经验不足的流浪犬，你不管自己打过多少胜仗，也不管自己的狗爪磨得多亮，更不管自己的技术是否一流，只管这场仗你是赢还输，你把危险抛于脑后，只把胜利戴在胸前。但令人震惊的事情还是发生了。对方的狗起码有三只，它们在嘲笑你，在鄙视你。此时的你

慌慌张张地盯着它们，华丽的灰毛弯曲着。对方如同箭一般刺向你。你的皮毛收缩着，神色慌张地逃走了，逃到了很远的一个垃圾箱前，你停下了。开始提心吊胆的整天在这里巡视。因为你要生活。你变得瘦弱不堪，把最后的精力放在了紧要关头。但让你万万没想到的是，这一天来得太快了。

那是待在这个垃圾箱最后的一天。阳光也如今天这般温暖。突然，在你没有察觉的情况下，一只杂种犬如鬼一般出现了。它瞪着杀气腾腾的眼睛直射向你。你胆怯的站起四肢，吓得乱跳，皮毛竖起，眼睛仓促地看了眼这只讨厌的杂种犬，并冲它狂吠了一声，可腿却不由自主地往后退去。这条恶犬扑上去，一下咬住了你的耳朵，你痛得四肢乱摆，但这条恶犬显然是只体格健壮的犬类，黑的如铁一样的毛发，在阳光下发着亮光，脚如霜一样厚实，加上大块大块的肌肉扭动着。你壮着胆又吠了一声，紧跟着，你突然感到前所未有的疼痛，鲜血染红了你的皮毛。你一个翻踢把这只讨厌的恶犬踢开了。而你却重重的跌在了树桩。你摇了摇头，伸出爪子向恶犬扑来，爪子如刀一般把这只恶犬身上的毛扒下了好一大块，露出雪白的肉。你的这一招快如闪电，出其不意，攻其不备。恶犬重重地摔了一跤，但它毕竟体格健壮，还没等你反应过来，它便已咬住了你的耳朵，只听"嚓"的一声，你的耳朵多半被撕了下来。你忍住剧痛，撒开腿一个劲地疯跑起来，可不久，你停住了，昏倒在地。

三

过了多久，你也不知道，这时，你听到了一个温暖的声音响起。你缓缓地站起，你已无法反抗人类的袭击。你自以为自己的死期就要到了，没想到却被一位慈祥的老妇人救起，开始了另外一种生活。

老妇人为你清理了伤口，你终于可以活下来了。渐渐的，你喜欢上了这个地方——你的新家。这是一个只有你和老妇人居住的新家，虽然只有你们两个，但你终于尝到了关爱的滋味。不久，你的伤彻底好了，你又可以成天蹬着腿，没命的疯跑了。有时只是为了捉一只蝴蝶。但只要是听到："巴郎，回来！"的声音，你马上就会跑回来。即使你的耳朵被那只可恶的恶犬咬伤，你也能听到老妇人那亲切的喊声。

可就是这样一个个美好的日子，却因一场意外不同了。那是一个下午，你正跑出家门，去捉你爱玩的皮球，正在贪玩的你突然意识到了什么，一种不祥的预感笼罩在你的心头。你飞快地往家的方向跑去。你亲眼目睹了你的主人昏倒在地。你不知如何是好，一阵阵狂跳，发出一声声撕心的犬吠。周围的邻居跑来，你亲眼看到你最爱的主人被抬上了汽车。从此，便再无音讯……

四

这个曾经欢乐的家从此只剩下了你。那些欢快的往事，那些曾经的幸福离开了你，你再也不跳了，再也不捉蝴蝶了，你只是静静地趴在地面，等待着……

日子一天天过去了，大伙都被村子里有这样一只忠实的狗感动着，人们带来了食物和水，甚至还有面包和牛奶，有时还会有骨头。即使这样，也无法再使你重返光辉，你的毛发一天比一天凌乱不堪。

又过了一年，你已老的骨头发软，此时的你再也动不了，孤独始终笼罩着你，你期盼的眼神告诉着我们，你要等，一直等着主人归来……

你是否又听到了那一声呼唤："巴郎，你回来！"

空中飘来外星人

文 / 吴佳宁

　　清晨，睁开朦胧的双眼，我瞅了瞅窗外，准备去洗漱。"咦，不对。"我疑惑极了，"哪儿来的一个不明飞行物？"这下引起了我的好奇心。

　　不明飞行物飞了进来，原来是个外星人。要说我为什么知道他，因为他跟电影《ET》里的外星人长得一模一样。他似乎一点儿也不见外，坐在了我家桌上。我战战兢兢地走去问他："喂！你……你是什……什么人？从……从哪儿来？到哪儿去？"

"本人郑重地告诉你，"他清了清嗓子，"我来自外星球，其实就在地球的大气层内，但人类是发现不了我们的。别误会，我可不是来游玩的，我是来告状的。对了，忘记告诉你，我叫阿瑟。我，作为我们星球的代表，前来警告你们人类。"

　　"现在你们地球的污染太严重了，垃圾随处可见，塑料袋满天飞呀。而且，现在是油菜丰收的季节，每天都看到有人在焚烧油菜杆，弄得到处是乌烟瘴气。刚才我在外面都快被熏死了。咳咳咳……这样也就算了，你们居然还对树木乱砍滥伐，树木是净化空气的，如果人类生活在污染十分严重的空气里，那就将在几分钟内全部死亡。知道吗，真是太不像话了！"

"嗯嗯，知道了。"我被阿瑟这一段唾沫横飞的演讲吓傻了，小鸡啄米似的不停点头。咦，不对呀，我又没有乱丢垃圾，也没有做破坏环境的事。我认什么错？真是被他吓傻了。

"地球巨大的污染，严重影响到了我的星球，原本我们碧绿的星球，现在已经完全'毁容'了。这些可都是你们的错，看！"他又拿出了一些照片，"这张是我们星球以前的照片，而这张是现在的照片，你看吧！"

真的耶，他们的星球原先是那么的迷人，像被绿色围着，还有如宝石一般的天蓝色。可现在，尘沙飞扬，简直是"千里黄云白日曛"。看来我们人类环境污染实在是太严重了，这下可好，外星人都已经告上门来了。

"算了，我大人有大量，暂且饶了你们，要是再那么污染环境，我可就不客气了。给，这是'环境净化器'，你只要劝说成功一百个人在十天之内不污染环境，地球就会恢复原样，差一人差一天都不行。我走了！"说完，阿瑟便冲向窗外，飞上天空，飞回了他们的星球。

一百人，十天，这也太难了吧！朋友，帮帮我，为了我，更为了我们伤痕累累的地球妈妈，从我做起，保护环境，不要让外星人再一次前来告状。

脑电波危机

文 / 黄沁芃

　　城市上空突然出现了一架信号塔，紧接着，医院里挤满了发癫痫病的患者。是神秘的外星人要入侵地球，还是不明疾病传播？聪明的咖啡豆从背包里拿出"万能测试仪"，双手对着天空转了一圈，突然蹦了起来，"我终于找到了他们发癫痫病的原因了，是这个信号塔发射的脑电波在作怪呀！"

　　可是，找到原因只是第一步，究竟这些脑电波是谁传播的，大家能把"传染源"成功消灭吗？

　　咖啡豆激动之后，脸色变得十分凝重，这可是关系到我们人类安危的大事呀！他立马通知了好伙伴：阿牛、宝来、皮皮和小冬。咖啡豆把他知道信号塔的事说给大家听，并说明了此事的重要性。最后，咖啡豆对大家说："事不宜迟，我们马上去信号塔。"

　　"可是，我们怎么去呢？"

　　是呀，怎么去呢？信号塔在空中呢！

　　"别急，看我的！"只见咖啡豆念道："多多，多多！智慧多多！"突然，咖啡豆的肩膀上方，出现了一个可爱的小精灵。"多多，给我一个筋斗云。""OK。"一眨眼，他们就到达了信号塔。"多多，再来一个破坏信号塔磁场的芯片。"咖啡豆拿着芯片，安装在信号塔上。"好，接下来，我们要仔细观察信号塔周围的动静了，阻碍了电波发送，一定会有人有所举动。"大家藏在塔的小角落里，伺机而动。

果然，不一会儿，塔的另一边走上来一个黑衣人。

"呵呵，狐狸尾巴终于露出来了。""上！"咖啡豆一声令下，还真是初生牛犊不怕虎呀！

五个人蹑手蹑脚地正要扑过去，突然黑衣人猛地一回头，用枪指着他们，"你们要干什么？"黑衣人凶巴巴地问。

"我，我……我们是……是来……"咖啡豆们语无伦次地说。

"哼哼，想阻挡电波，小毛孩……"说话间，咖啡豆们顿时动弹不了了，乖乖地被黑衣人押到了黑屋子。

"黑黑博士，就是这几个毛孩，给你抓来了！"那个黑黑博士身上的一切都是黑的，简直就是一个"黑面团"。

"黑面团"用鄙视的眼光上下打量着咖啡豆他们："好，把他们关到密室，先恢复电波发射再来找他们算账，走……"

等"黑面团"一走，咖啡豆就立马呼叫"多多"，并在多多的帮助下逃离了密室，还用"万能测试仪"找到了"黑面团"的秘密文件。原来，黑黑博士和外星人正联合起来，通过损害地球人的脑神经，达到毁灭地球的目的。不行，得立刻阻止他们！

经过短暂的商量，他们立刻开始了行动：咖啡豆负责催毁发射电波的芯片；阿牛和皮皮负责砸掉控制台，毁掉基地的一切东西；宝来和小冬负责查看动静。"轰隆"一声，信号塔顿时化为乌有。没有了怪异的电波，地球人再也不会无缘无故地得这么奇怪的癫痫病了。

这一切正是"小毛孩"的伎俩哦——阻挡电波，引蛇出洞；故意被抓，深入虎穴；调虎离山，大功告成。

这场地球危机就这样被化解了，敌人会再有另外的阴谋吗？下次跟我一起去看看吧。

象鼻鱼历险记

文 / 王辰昊

象鼻鱼是一种生活在非洲西部和中部水底的鱼类。有一条小象鼻鱼，非常顽皮。妈妈告诉他："在河底玩可以，不能到水面去！因为到水面去如果被渔民和鸟儿捉了去，你就回不来了。"可是，妈妈的话并没有让小象鼻鱼害怕，他趁妈妈不注意的时候，快速向水面游去……

这条叫奇奇的象鼻鱼，刚游出水面透一口气，迎面就打来一个巨浪，把它冲到了沙滩。它没办法游回水里，太阳把它晒得奄奄一息。

这时，奇奇听到一个小男孩的声音："妈妈，这里有一条漂亮的银色小鱼，但它快不行了！我们赶紧用袋子装点水，救它回家吧！"妈妈搭手，一起把奇奇救起带回了家，放在一口玻璃缸内。

后来，奇奇知道小男孩叫波比。波比很爱与奇奇玩，每次放学回家第一件事就是跟奇奇说话，喂它爱吃的小虾米。这引来了波比家宠物猫菲菲的忌妒。有一天，菲菲趁小主人不在家，把头伸进鱼缸，一口咬住了奇奇，想吃了它。这时，刚好有人敲门，菲菲惊地躲进了卫生间。慌忙中，奇奇从菲菲嘴跳了出来，刚好掉进了马桶。顺着下水道，奇奇一直滑了下去，出口刚好就是它们所生活的那条大河。

奇奇回家了，正好碰见妈妈在焦急地找它。妈妈问它这几天去哪了，奇奇不想让妈妈担心，只是幽默地说："我在波比家住了几天，这次旅行可真有趣！"

自然物语

茶遇水是缘

文 / 尹宗国

　　喝新茶，最好选个好天气。茶壶茶杯就用玻璃的，边泡，边饮，边欣赏风景。于是，春水二分，春色三分，这样碧绿的开头，引伸出另外五分清香的情怀。四月里，投几片新茶于茶壶，先向壶中冲入少量热水，同时用手握壶耳轻轻摇动，等茶叶充分舒展开，再冲水至七分满。短短几秒内，就已飘出淡淡清香，闭目深嗅，是一种禅意的芬芳。

　　总觉得，茶叶其实就是清雅含香的花朵，只不过它们那种细淡的酝酿发生在很久的从前，而绽放却是在沧桑之后。就像现在，遇了水，不是春，春却分明在壶中，它们重新徐徐生长，变得新鲜而饱满，在寂寂里生出艳姿，绿袖善舞载沉载浮的样子，更如一缕缕笛音在某个清凉的月夜被风拂动行于水上。而被浸染出的水色，清亮也盈盈，似水草横生的一顷湖水，缓缓荡漾着。

　　坐在窗前，四月的春阳暖得似要醉去，视线里能看到河边的杨柳袅袅、水波鱼鳞般向前以及对岸的春草青青。心里喜欢着这样明媚如水色的春光，低头，喝茶；闭眼，含笑。这唇齿间的茶，分明香得似梦。急急饮咽做什么，先暖着，含着，品着，再慢慢入喉。

　　饮茶的整个过程本就如一场山水相逢的梦，伴香来，将水去，意味长长。虽然喝尽，醒来，颜色离离，芳心寂寂，只留杯子上的微温。但是，还有依然在唇齿间尚未消退的芳香及肺腑里流动叠涌的温润啊。

其实这茶与酒，异曲同工，它们皆是入世的，是现实的。所谓杯盏人生，这杯中茶心，懂者自能品出春秋的味道。

听，杯盏茶心，人事似茶，韶华似水。那些茶馆里的说书人，话匣子打开，古往今来，天南海北，世事悲欢，沧海桑田，浓浓于一壶茶中。等故事随风消散，茶水亦从初时的芬芳聚拢喝到了味淡香杳。可知时间之下，没有永远。

看，杯盏茶心，茶遇水是缘，亦如人生之情缘。茶水相逢，初时，水沸，茶新，闹热纠缠，感动彼此。但等声色细细碎去，珍惜者仍感唇齿的芬芳绵绵若存似有深致，凉薄者就当缘尽情了，风云下，各自转身，各担风霜。

都道一枕黄粱，其实一杯茶下，闭目静息的片刻何尝不是沧海桑田。前尘后世，都纷至沓来，如那载不动许多愁的舴艋舟。待得茶凉透，沉了底，褪了色，就是事隔多年后令人相忘的江湖。

红尘聚散，杯茶在手，个中滋味，唯有自知。到得最后，最后还是来喝茶，喝茶罢。何须问春来何处春归何处？只需日间煮茶，临窗而坐轻啜慢品，那杯中水色，唇齿芬芳，更心间山水清音。于是，心是安的，情是纯的，人是清的，再无其他。

第一古刹白马寺的传说

摘编 / 刘家文

（一）

在河南省洛阳市东郊有一片郁郁葱葱的长林古木，白马寺就坐落其中。它北依邙山，南临洛河，宝塔擎天，殿阁峥嵘，松柏翠郁，壮美幽穆。

白马寺初建于东汉永平十一年，是佛教传入我国后，由官方建造的第一座寺院，因此被认为是我国佛教的发源地，被尊誉为中国佛教的"祖庭"和"释源"，享有"中国第一古刹"的美誉。这座有着 2000 多年历史的寺院，在中国佛教史和对外文化交流史上占有极其重要的地位。

关于白马寺名字的来历，有一个非常美丽的传说。传说东汉永平七年的一个晚上，汉明帝刘庄做了一个梦，梦见一位被金色光环绕着的神仙从远方飞来，降落在御殿前。

第二天，汉明帝召集满朝文武大臣为他解这个梦，想知道此梦是吉是凶。大臣们你看看我，我瞧瞧你，谁也说不出个所以然来。就在这时，知识渊博的太史傅毅上奏说："据记载，周昭王二十四年四月初八，九州山川震动，晚上西方天空现出五色光华。当时的太史通过占卜得知，西方有位普救众生的大圣人诞生，他的信义，将在千年后传入我国。掐指一算，从周照王二十四年到现在，正好将近千年。陛下昨晚梦到的神仙，大概就是这位大圣人吧！据臣所闻，现在西域地区的人们，都信仰这位大圣人，并称其为'佛'。"

汉明帝听了傅毅的话，十分高兴。于是，就选派郎中蔡愔和博士弟子秦景等12人，挑选了一个黄道吉日前往西域去求佛的教义。

这12个人跋山涉水，历尽艰险，一年后终于到达现在阿富汗一带的大月氏国。当时大月氏国佛教已经十分盛行，那里寺院众多，宝塔林立。蔡愔一行人在大月氏国搜集了一些佛经佛像，并邀请到在大月氏国传教的古印度高僧摄摩腾和竺法兰到京都洛阳传法。

这一行人回来后，汉明帝一见到他们带回来的释迦牟尼画像，就大为惊喜，因为这幅画像跟他梦中的"神仙"一模一样。于是，马上命画工把释迦牟尼的画像临摹下来，放置在自己小时候读书的清凉台里边。

汉明帝还特意召见了这两位从西域来的高僧，并安排他们在接待外交官的署鸿胪寺住下，由他们翻译蔡愔等人带回来的那些佛经。

后来，汉明帝在清凉台的前山位置，依天竺的建筑样式修建了一座僧院给这两位高僧住。由于这两位古印度高僧来到汉朝时住在鸿胪寺，僧院建好后，人们就把两位高僧住的这座僧院叫做"寺"，并且从此延传下去，以后所有的僧院都被称为"寺"了。

蔡愔一行人去大月氏国取的经书和佛像，是由一匹白马辛辛苦苦驮回的，为了纪念这匹白马的功劳，人们就把这座僧院命名为"白马寺"。此后，印度来的这两位高僧便在清凉台上禅居和译经传教。

据史书上记载，当时，蔡愔在西域获得了不少佛教典籍，竺法兰根据情况，翻译了其中的《十地断经》《佛本经》《法海藏》《佛本经》和《四十二章经》5部。后来，都城洛阳，贼寇作乱，竺法兰所译的5部佛经，前4部失掉了大半，没有传到江南。只有《四十二章经》，仍然保存至今。

自东汉以后，清凉台均为历代藏经之处。《四十二章经》，旨在宣扬佛教的基本教义，被推崇为我国第一部汉译佛经。

正是因为这部经书是在白马寺翻译出来的，白马寺便因此成为了我国佛教早期的传播中心，印度梵学及佛教发展的第一座道场，被后世佛门弟子尊为"祖庭"和"释源"。

（二）

在白马寺的"六景"中，清凉台高居首位，被称为"空中庭院"。据初步考古勘测，清凉台的夯土台基，东西长约 77.00 米，南北宽约 55.00 米，折合面积 4235 平方米，约为现存的砖砌高台平面面积的三倍。在现在砖砌高台的西侧，紧贴砖台之基，留存四枚巨大的方形石础，长、宽各 1.55 米左右，或即为古代木结构高阁之柱础。

现在的清凉台重修于明代嘉靖三十四年。清康熙年间，寺内住持和尚如琇曾作诗赞美道：

香台宝阁碧玲珑，花雨长年绕梵宫；

石磴高悬人罕到，时闻清磬落空蒙。

清凉台由青砖镶砌，具有古代东方建筑的鲜明特色。清凉台前有一古朴的券洞，高 3.32 米，宽 2.54 米，深 3.90 米。其券石和白马寺原山门门洞之券石形制相同，刻有工匠姓名，是东汉时期的遗物。

相传在清凉台下，原保存有佛舍利石匣，现在佛舍利石匣已不知下落。另据寺内僧人相传，清凉台下东侧，原置"石棺"一口，为贮存驮经白马遗骨的棺材，长约 1.80 米，宽约 1.20 米，高约 1 米。现在也已经毁坏。

清凉台上，原有甘露井一口，现在已经废弃，由僧人们改成了一个水池，里面放有白莲，被称作"放生池"。放生池之后，有一铁铸宝鼎，为清代所造。

在清凉台的东西两侧还保留着为纪念摄摩腾和竺法兰的高僧殿。东侧为摄摩腾殿，西侧为竺法兰殿。殿内分供着摄摩腾和竺法兰的泥塑像。

（三）

白马寺建成后，一天，孝明皇帝刘庄驾临白马寺，会见两位印度高僧，并向高僧说出自己内心多年的迷惑："在很早以前，寺之东南馆室的地方原来是块平地，忽然有一天，这个地方涌起一个土阜，高一丈有余。人们把土阜铲平后，土阜很快又隆了起来。土阜之上，经常放出光芒，当地百姓感到奇怪，都称它为'圣冢'。自周代以来，民众经常前往'圣冢'祈福，所求非常灵验，于是，民众们把它看成是'洛阳土地之神'。不知是什么缘故？"

摄摩腾答道："在如来佛灭度后一百余年，印度有一位阿怒伽王，安放佛舍利于天下，共计有八万四千处。东土境内则有十九处。陛下所言'圣冢'者，即十九处中之一处。"

汉明帝听到这里就偕同二高僧和百官臣寮一同去观看"圣冢"。当他们走近"圣冢"时，只见"圣冢"上面忽然涌现出一个圆影，汉明帝和二高僧三人身现圆影之中，如鉴照容，分明可见。

见此情景，众人皆叹神奇。

汉明帝十分感慨地说："我要不是遇到你们二位高僧，怎能知道佛祖一直在保佑我呢？"于是便诏令主管衙署，在"圣冢"之上，依腾、兰所传印度佛塔样式，兴建佛塔。当年三月一日动工，第二年十二月八日，也就是公元69年完成。

此塔一共有九层，高五百多尺，直冲云霄。建起后汉明帝亲自为此塔赐名为"齐云塔"。由于此塔被人们认为是为佛祖释迦牟尼舍利所建，所以也叫"释迦舍利塔"。

汉代建成的齐云塔后来毁于雷火。现在白马寺内的齐云塔为砖塔，是在金大定十五年重修，因此又被称为"金方塔"。"金方塔"为四方形叠涩密檐式砖塔，距今已有800多年的历史。

白马寺的齐云塔为我国第一古塔。后来与清凉台、腾兰墓、断文碑、夜半钟、焚经台被人们合称为"白马寺六景"。

白马寺现存的齐云塔，下部正方形须弥座，底边长、宽各7.80米，束腰处长宽各约6.76米。塔身上、下共13层，通高约35米。第一层塔檐之下，砌以仿木构式普柏枋与斗拱，再向上每层均用多层小砖叠涩砌出塔檐。每层塔檐之第一层砖下，皆饰砌以菱角牙子。自第六层起，逐层内收，塔顶覆以宝瓶式塔刹，结构严谨，浑然一体。外轮廓略作抛物线状，线条柔和流畅，造型别致，玲珑挺拔，古雅秀丽。

齐云塔中空，有踏窝可攀登而上。至第十层，向南有门，俗称"南天门"。出南天门由塔外向上再三层，可直达塔顶。此时举目四望，邙山洛水，尽收眼底，洛阳古城，一览无余。

齐云塔须弥座所用之大砖，大小不尽相同，长在 0.45 米，宽在 0.22 米，厚在 0.11 米左右，塔身所用之砖，则比塔座之砖小的多，可能塔座和塔身不是同一时期、用一次修建的。另在塔的四周保存有六块巨大的石柱础，其中最大的一块，长约 1.65 米，宽 1.60 米。这六块石础，分布的很有规律。就其分布和间距推断，原来的石柱础当为八枚，略作八角形分布，可能即为原来木塔的柱础。

齐云塔另有一奇，便是当人站在齐云塔南面，大约 20 米处用力击掌，便可听到从塔身处发出"哇哇"的叫声，和青蛙的叫声十分相似。

这种现象是一种声学的物理现象，是由于齐云塔独特造型所致，因为塔面上凸凹不平，使得回声不齐而形成"哇"声。

据《释源大白马寺舍利塔录异记》说：现存的齐云塔，就是东汉明帝永平己巳年创建的释迦舍利塔。此外寺内现存宋碑《摩腾入汉灵异记》和佛籍《历代三宝记》也有关于汉明帝修建佛塔的记载。如此说来，白马寺的齐云塔，可称得上是我国佛教及其建筑艺术长河之源头双泉了。

（四）

自从洛阳的白马寺建成了以后，摄摩腾和竺法兰一方面在白马寺里翻译经书，另一方面，又到处找新的地址修建寺庙，传播佛教。

一天，他们二人来到了山西五台山，看见那里的景色迤俪，且又是文殊菩萨说法居住的地方，就有了要在此地修建寺庙的想法。

当时五台山上居住着道教的弟子，他们当然不愿意让外道僧人在这里修寺传法。于是，道教弟子南岳诸善信、华岳刘正念等五岳十八观、太上三洞共 690 名道士联名上表汉明帝："皇上竟然摒弃了我国的道教，去远求胡人的教法，这是万万不应该的。为了让皇上看清楚佛教的虚诞，我等想与佛教一比高下真伪。"

汉明帝看完奏章，心里也想瞧瞧这新传入的佛教和我国土生土长的道家孰优孰劣，于是将佛道两教人士引入长乐宫前，下诏宣告："在元宵日当天，道士与佛教僧侣一起集合在白马寺南门外比试，以辨验各自的神通本事。"

为了能够比试出效果，汉明帝还特意命人在白马寺南修筑了两个高高的夯土丘用于放置经书时用。

比赛那天，汉明帝亲自率领文武百官来到白马寺前观看佛道两家比经试法，佛道两家也各集精兵强将纷纷前来助阵，赛台前热闹非凡。

第一场比赛是比试两家的经文数量。

诸善信等道家学者手捧道教经书共六百多卷登入西台，几大车的纸绢、缣帛、木牍和竹简等经文典籍，整整堆满了一赛台。而摄摩腾和竺法兰的经文本来就是从大月氏国取来的，他们的经文自然就少得可怜，只占了东台上可怜巴巴一小点点地方。所以，第一个回合，显然是道家胜出，佛家失败。

第二场比赛是比试诵经说法。

道家太极两仪、老子庄周、黄帝内经、五行丹药、山南海北、古往今来、伏羲女娲以及八八六十四卦、运筹等等说不尽道不完。摄摩腾和竺法兰因为是外国人，他们说法时唧唧呜呜，大家根本听不懂在说什么，而且不一会儿就说完了。

那么，这次到底是谁赢谁输呢？连汉明帝和文武百官们也不好判定了。于是只好算这个回合为平局。

到了第三场比赛，道家自以为占尽先机，于是，就大度的对摄摩腾和竺法兰说，下面还怎么比，你们说吧！

摄摩腾和竺法兰看着道家那边台子上成堆成堆的经典文集，忽然心生一计，便说：真金不怕火炼，你们敢不敢比焚烧经卷宝物？你们若敢，我们就连这佛像佛舍利子袈裟禅杖钵盂都一起用来焚烧。

道家这下子可有点担心了，因为他们在从前的比经赛法时都没有这么比过呀？要是自己的经文被烧了该怎么办呢？但是，他们又不愿意认输，便说，比就比，这有什么了不起呢？

于是，汉明帝命人备好柴火。六百多名道士列队绕坛诵经，祈祷老天保佑自己的经书不要被毁。而摄摩腾和竺法兰等人反倒是显得不慌不忙。

接着，汉明帝明帝一声令下，高台上同时举火。借助城外旷野里风势，西台上霎时烈焰腾空。君臣们举目看时，道教这边台上火焰格外旺盛，还间杂以劈劈叭叭的爆裂声。这是为什么呢？

因为汉朝是我国造纸业的初制时期，纸的产量极少，通用的书写材料主要是简牍和缣帛。简牍，南方以竹为原料，北方以杨、柳为基材；缣帛是丝织品，价钱昂贵且难久存，道士们用的并不多。这样一来，一大堆干燥的竹木遇到火苗岂有不着的道理？不一会儿，道教一大堆的经卷便化为灰烬，随风飘尽。

再看看佛教的经台上，真金果然不怕火炼，烈火中突然"光明五色，直上空中，旋环如盖，遍覆大众"。这时，摄摩腾和竺法兰等人突然奏起了古老的印度佛教音乐。汉明帝等王公大臣们以及周围围观的人们第一次听到这种音乐，他们还以为是天上的仙乐呢！

那么，摄摩腾和竺法兰等人的佛经为什么没有被点燃呢？原来，他们答应斗法以后，便把经书誊写在金箔上了。当火被点燃以后，那些金箔被火焰的热气流带上高空，然后再慢慢飘落下来，恰似天降宝花。这让台下的人们看得惊讶极了，一时间，台下欢声如潮。

那些五岳来的道士们见此情景，吓得脸色都变了，南岳的道士费叔才惭愧得竟当场气绝身亡……

这次比法，印度来的高僧摄摩腾和竺法兰大获全胜，于是，当场就有 620 名道士弃道为僧，另有贵妇宫女 2032 人踊跃削发为尼。摄摩腾和竺法兰等人则个个眉开眼笑。

从此，汉明帝更加虔信佛教了，并敕令在洛阳创建十所佛寺，其中七寺建于城外，安置僧人，三寺在城内，安置尼姑，佛教从此流传天下。

在这以前，我国古代原本是无所谓宗教的，道家也只不过属诸子百家之一。自从这次斗法以后，我国从此就有了宗教。

这次斗法比赛中，由于佛教僧人和道教道士在白马寺新修起的高夯土丘上面焚烧经书，后人便把这里叫做焚经台。现在，白马寺的焚经台上的土还是红色的，据说就是那次比试时烧红的。

焚经台是白马寺"六景"之一，现在，在白马寺的焚经台上立着一通"东汉释道焚经台"字样的碑。

（五）

白马寺建寺以来，其间几度兴废、几度重修。

新中国成立后，党和人民政府非常重视文物的保护，尊重信仰自由。先后于1952年、1954年、1959年多次拨专款重修。1961年，国务院确定白马寺为全国重点文物保护单位。

1972年，柬埔寨国王西哈努克亲王参观白马寺，周恩来亲笔批文，从故宫调拨一批文物给白马寺，同时对白马寺进行了大修。

这一次重修，前后持续十年，用款数十万之多。这次重修翻修主要殿阁，彩绘天棚、梁、架、斗拱，油漆门窗、殿柱，广骋新老艺人塑造佛像，贴金涂彩，培植花木，彻阶修路，使千年古刹，面貌为之一新。

1973年，洛阳市正式成立了文物保管所。

1978年后，国家落实宗教政策，开放寺院，恢复佛事活动，毕业于北京中国佛学院的海法法师被宗教部门请到白马寺担任主持，负责寺院的修复工作。

1984年，白马寺正式移交洛阳市佛教协会和僧人管理。

自然物语

105

1995 年，寺院又在清凉台两侧建筑了法宝阁和藏经阁。

法宝阁位于清凉台左侧，竺法兰殿背后，阁的台基高 5 米，东西长 25.2 米，南北宽 22.5 米，台基为钢筋水泥架构，形成阁的下室。法宝阁台基上建 5 开间的重檐歇山式大殿，东西长 18.5 米，南北宽 12.95 米。

法宝阁内供奉着印度总理拉奥于 1993 年赠送的高 1.5 米的释迦牟尼青铜立像。同时，该宝阁内还珍藏着数十种法宝。

藏经阁位于清凉台右侧，摄摩腾殿背后，阁的台基高 5 米，东西长 25.2 米，南北宽 22.5 米，台基为钢筋水泥架构，形成阁的下室。台基上建 5 开间的重檐歇山式大殿，东西长 18.5 米，南北宽 12.95 米。

藏经阁内正中供奉有泰国佛教界送给白马寺的"中华古佛"。

相传，世界上仅有两尊造型奇美，大小如拇指的佛像，这两尊佛像是东汉时期白马寺敬造的，后流落民间。又由民间流传到西域，再传至南亚，后来便流落到泰国，被泰国博物馆和泰国一富商收藏。

为了加强中泰两国佛教界的友好往来，泰国将此佛复制放大至 0.97 米，并用铜鎏金制成两尊，在北京广济寺由中国佛教三大语系的高僧共同主持开光。一尊迎回到泰国，由泰国信徒供奉，另一尊归释源白马寺供奉。

此外，藏经阁还收藏有《龙藏》《中华大藏经》《日本大正经》《西藏大藏经》《敦煌大藏经》等 10 余种藏经，是白马寺僧人阅藏修学的地方。

除了法宝阁和藏经阁，新中国还补修了卧佛殿、玉佛殿和六祖殿等。

2001 年 1 月，白马寺被国家旅游局命名为首批 4A 级景区。从此，白马寺又迎来了新的发展历程。

如今的白马寺占地面积一千多亩，有一百多位僧人。晨昏礼佛诵经，焚香拜佛，严守戒律，每逢农历四月初八的佛诞节、腊月初八的成道节、七月十五的盂兰盆会等佛教节日，都举行大型的佛事活动。寺内僧人上下和敬，学修并进，海众乐道，蔚成风气，可谓名副其实的中国第一古刹。

芙蓉花

文 / 傅于桐

空气带些寒冷，小草早已枯黄，许多花朵早已凋谢，只有芙蓉花，还迎着寒风，展开她的笑脸。

她穿着粉红色的裙子，在寒风中跳舞。她的舞姿是那么优美，她踮起了脚尖，在美丽的舞台上旋转着，旋转着，期盼着春天的到来。

她的舞裙是层层叠叠的，那是大地妈妈给她制作的百褶裙。她穿着嫩黄嫩黄的上衣，裙底下是绿色的星星舞鞋。她的舞蹈，带着少许悲伤，还有轻轻的微笑。

当绿色摇篮里吐出一团粉红时，她笑了，笑得那么开心。她轻轻摇着摇篮，熟睡中的婴儿咯吱咯吱地笑了，这个梦里，她笑得很甜。哦，那是她蓓蕾中的妹妹。

一阵寒风吹过，她全身的血液都在流淌着，流淌着，可身上还是冰凉的。不，她不能就这样倒在地上。不过，她真的坚持不住了。她最后一次展开了舞裙，歌颂着春天，祈祷着春天。

她的神情带着安详，慢慢落到地上，回到了大地妈妈的怀抱。

秋天的阳光

文 / 傅于桐

　　我在林中小路行走，寻找阳光的种子。阳光在树叶间笑，阳光在果实上跳，阳光在花朵中舞蹈。阳光在四处游戏。

　　阳光，你真调皮。

　　阳光把树叶晒得暖暖的。树叶在听阳光讲故事。听着听着，树叶被太阳金色的光辉吸引了，变成金子一样黄；听着听着，树叶被太阳火红的脸蛋吸引了，变成火焰一样红；听着听着，树叶换上了褐色的睡衣。听着听着，树叶睡着了，看，满地都是她们甜甜的笑脸。

　　果实肥嘟嘟的，有红的、黄的、紫的、褐的、黑的、青的、绿的、白的，他们在阳光下闪闪发光，可漂亮了。有的迫不及待地裂开了笑脸，有的在风中舞动着身体，有的在树叶间偷偷露出小脸，有成片的，有零散的，有一串串的，多可爱啊，像一群群顽皮的娃娃。

　　我走到桂花丛中，花儿盛开着，成片成片的，香气扑鼻，沁人心脾。蝴蝶在花中飞，小鸟在花中唱歌，我在花中跳舞，阳光照耀着我们，我们是花中的小天使。

　　秋天的阳光，又香又甜，犹如温暖的笑脸。

家乡素描

白马湖之冬

文／夏丏尊

在我过去四十余年的生涯中，冬的情味尝得最深刻的，要算十年前初移居白马湖的时候了。十年以来，白马湖已成了一个小村落，当我移居的时候，还是一片荒野。春晖中学的新建筑巍然矗立于湖的那一面，湖的这一面的山脚下是小小的几间新平屋，住着我和刘君心如两家。此外两三里内没有人烟。一家人于阴历十一月下旬从热闹的杭州移居这荒凉的山野，宛如投身于极带中。

那里的风，差不多日日有的，呼呼作响，好像虎吼。屋宇虽系新建，构造却极粗率，风从门窗隙缝中来，分外尖削，把门缝窗隙厚厚地用纸糊了，缝中却仍有透入。风刮得厉害的时候，天未夜就把大门关上，全家吃毕夜饭即睡入被窝里，静听寒风的怒号，湖水的澎湃。靠山的小后轩，算是我的书斋，在全屋子中风最小的一间，我常把头上的罗宋帽拉得低低地，在洋灯下工作至夜深。松涛如吼，霜月当窗，饥鼠吱吱在承尘上奔窜。我于这种时候深感到萧瑟的诗趣，常独自拨划着炉灰，不肯就睡，把自己拟诸山水画中的人物，作种种幽邈的遐想。现在白马湖到处都是树木了，当时尚一株树木都未种。月亮与太阳都是整个儿的，从上山起直要照到下山为止。太阳好的时候，只要不刮风，那真和暖得不像冬天。一家人都坐在庭间曝日，甚至于吃午饭也在屋外．像夏天的晚饭一样。日光晒到哪里，就把椅凳移到哪里，忽然寒风来了，只好逃难似地各自带了椅凳逃入室中，急急把门关上。在平常的日子，风来大概在下午快要傍晚的时候，半夜即息。至于大风寒，那是整日夜狂吼，要二三日才止的。最严寒的几天，泥地看去惨白如水门汀，山色冻得发紫而黯，湖波泛深蓝色。

下雪原是我所不憎厌的，下雪的日子，室内分外明亮，晚上差不多不用燃灯。远山积雪足供半个月的观看，举头即可从窗中望见。可是究竟是南方，每冬下雪不过一二次。我在那里所日常领略的冬的情味，几乎都从风来。白马湖的所以多风，可以说有着地理上的原因。那里环湖都是山，而北首却有一个半里阔的空隙，好似故意张了袋口欢迎风来的样子。白马湖的山水和普通的风景地相差不远，唯有风却与别的地方不同。风的多和大，凡是到过那里的人都知道的。风在冬季的感觉中，自古占着重要的因素，而白马湖的风尤其特别。

现在，一家僦居上海多日了，偶然于夜深人静时听到风声，大家就要提起白马湖来，说："白马湖不知今夜又刮得怎样厉害哩！"

故乡的记忆

文 / 周欣吾桐

有这么一段记忆，记忆中，故乡的土是香的，故乡的雨是甜的。

小时候，有一段时间我在乡下奶奶的老屋中度过。我总喜欢倚在奶奶的大藤椅上，摇呀摇，听奶奶讲着村里的故事，看湛蓝一新的天空，看清晨晶莹的露珠，看公鸡咯咯地从脚边走过……

黄梅时节家家雨，雨后天晴，我便会约上几位伙伴一同去捉蜗牛。

雨后是极容易捉蜗牛的，或是在杂乱的草叶上，或是在布满青苔的小石头路上，或是哪个稻草堆旁，总会发现它们的足迹。有时，我们会捉上一大窝蜗牛来，有大有小，它们像是被囚禁了似的，静静地待在小木匣中。我们便又在田野里寻来了各色的草叶，递与它们吃，像是在玩着过家家，我们脑袋瓜一个挨着一个伸进盒子里，看着它们的小嘴一点一点细细的蠕动，我们的牙根也不由自主地嚼了起来。喂饱了蜗牛，我们便在田野上择了快宝地，将蜗牛一个一个用手捉出来放在了湿湿黏黏的土地上，蜗牛们获得了自由，向大地奔去，一会儿便不见了踪影。

　　游戏结束了，身上也有些乏了，这时，我便回到了屋子里，帮奶奶烧柴火，学着奶奶的样儿，用铁钳将木条夹进火坑，搭起"A"字形的结构来，把火烧得旺旺的，有时候总是控制不住火候，火焰儿忽大忽小。虽比煤气炉烧火来的麻烦，可烧出来的菜更觉美味，可口，也更有趣儿。

　　晚饭后直至黄昏，夕阳洒下了一抹余晖。夕阳把我的影子投的很长很长，踩着自己的影子我漫步在田野上。

　　夜幕降临，大自然的欢快的协奏曲也悄悄响起。先是蝉的独吟，一声、两声、三声……渐渐地便成了蝉的合唱，男高音、女高音们大展歌喉，声音错落有致，凌乱却不失音韵。男低音，女低音们——青蛙们也在田野中哼鸣了起来，低沉的声音给寂夜带来了几分幽静。风儿钻进了竹林，竹林发出了簌簌的轻响；细雨绵绵，抚摸着大地的琴键，鸟儿们嘟着嘴巴，时鸣在山林之中……大自然美妙的音符谱写了一首动听梦幻的序曲，让人心旷神怡，犹入梦境。

　　不一会儿，月亮挂在了云际，星星们眨着眼睛环绕在它的周围。"奶奶，奶奶，您说月亮里面真的有嫦娥仙子吗？""有啊，还有一只可爱洁白的玉兔呢！"呆呆的，我望着月亮，沉入了无限的遐想之中……

　　故乡的记忆是美好的，特别是小时候在乡下老屋里度过的时光，串起了我的快乐童年，编织了一个魂牵梦绕的故乡梦。

老屋是一份乡愁

文 / 流马

外婆在乡下有个老屋，闲置很多年了。

印象中，乡村里的老屋应是——走进古朴的大门，清晨的气息扑面而来，栀子花香混合着泥土的芬芳萦绕在青瓦方砖间。

其实却不然。本想于此写出些浪漫或清新的格调，可真正走近了老屋，才能读出奏不清的年岁与荣枯。土黄色的砖痕呈现在清早的雾里，井里的湿气早已被沙尘风干。老屋，亦算是岁月古朴凝重的雕刻，凝重得让我说不出话。

一

很久以前，别人告诉我，老屋以前不是这个样子。那时它还称不上是老屋，里面的院子很大，是用青石精心铺成的，还常有树叶、小虫子的尸体飘进来。最惊喜的是，院子里养了很多小动物，还有花花草草什么的，听说还有树。当我知道这些时，院子里早已盖了大柴房，成了小院子，也没什么动物或植物。

所以那时，我逢人就说我外婆家的院子，地上有一层厚厚的树叶，走起路来还会"嚓嚓"地响；院子里有一窝小鸡、一窝小猫、一窝小狗，而且鸡冠是高高的，狗是素洁的乳白色，猫会捉老鼠而且从不弄乱屋子……其实，我根本就不知道地上有多少树叶、鸡冠有多高、狗是什么颜色的，猫会不会弄乱屋子，因为我从没见到老屋，只是凭空猜测而已。

到了后来，我也还是没有盼到老屋变成以前的样子。

但或许，我更喜欢凭空想象它以前的样子。小时候觉得院子里有鸡、猫、狗什么的；大一点点就觉得院子里应该有粉嫩粉嫩的兔子，还会跑到人的脚下蹭蹭身子。再后来呢，觉得那个时候应该会有一棵大榕树，树叶簌簌地落在干农活的人身上，该是别有一番风味。

可惜的是，去年清明节的时候，外婆才回答了我，原来院子里以前摆满了柴火，什么树啊动物啊全都没有，"那不过是大人哄小孩的"。失落后，我才发现，就在我心中的院子变化的过程中，我已不知不觉地长大了。

坐在老屋的石凳上，心上却追思这流年的行止。远了，远了，远了啊，依然隐约可闻。

二

以前的以前，隔壁的隔壁的隔壁住着一位小姐姐。我和表弟十分羡慕她家门前的那棵桂花树，她也喜欢老屋门前的梨树。

于是，我们便商量着等树再长大一些，截点根给对方种。

我们的梨树长得很快，一下子就有了外婆外公高，还开了一树的雪白雪白的小花，开出了一树的圣洁。若把那花瓣折成两半，倒挺像悠悠的蝴蝶。

可她门前的桂花树上，花朵却迟迟不肯开放，而老屋的梨树也犟上了，本该凋零的时候迟迟不肯凋零。后来入了冬，两棵树都凋零了……

小姐姐又答应我们，等桂花树长成屋子那么高了，就刨分根给我们，我们逆着刺眼的阳光向上看：哇，屋子那么高！因为争是屋子高还是小脚的葡萄架高，我向表弟贡献出了一颗糖果：屋子高。

我们每次回乡下的时候，都会有意无意地看着那株桂花树，一次次地绽放，一次次地凋零。那枯萎却依然昂然挺立的花杆，在那一片残败的花枝中显得那么不屈与悲愤。

后来，我们惊异地发现，小姐姐走了，那间屋子被翻修了，桂花树也被砍走了。看着剩下的一截树桩，我们无言，它为最后一次的谢幕而作了完美的诠释。

带着些惆怅，带着些无奈，带着些痛苦，它们是我不可否认的过往。

又或许那棵树早就被砍掉了，只是我们都在忙着长大，从没来得及想那棵树。

往往，越是在万事无缺的时候，越觉得手心里一无所有。

三

古井在并不隐蔽的位置倒映着所有人的脸。有的人脸上被岁月雕刻得皱纹纵横，有的人愈显英姿风华了，有的人急着奔走于工作与家庭中间，来不及留下点什么就离去了。不变的，只有厨房。

老屋里保存得最完整的，便是厨房了。那个土黄色的灶台上，干净整洁地摆着几只小小的瓷碗，灶台沿边上的裂缝辛苦地苟延残喘着，那是流年撕扯的花纹。

以前，很久以前，我会拿个小凳子站上来看外婆在大锅里炒菜。那时，灶台上弥漫的是菜香和我们的笑声。是那样一个场景，关于我，关于厨房，关于老屋，关于童年，关于爱，却渐行渐远了……

在等待中，岁月顺流而来，春光毫无保留地渲染着这个村庄，从烟囱里投射下来。我较灶台越来越高，甚至都不用小凳子了；而现在，灶台只有我的腰高了。我和外婆却极少回来了，一年就只有一两次机会能在厨房做饭。依旧是夕阳西下，寻常巷陌，依旧是这一老一少，依旧是微风过处，山花烂漫之时，却再也走不进那段凝结的回忆里了。

外婆说，她老了，想老屋的厨房了。我笑着安慰她说，我也老了，因为我也想老屋的厨房了。三毛说，失乡的人是不该去拾乡的。而失乡的我，拾的不仅是乡，还有情，是乡情，还有人，是亲人。

一缕风，泛起了外婆的味道，也泛起了老屋的味道。

日子生生不息，几年形同一日，我只那样深深想了一会儿，就过去了十多年。老屋空空如也，我的怀念如此的甚晚甚急，竟痴痴地任老屋反复咀嚼着孤寂，任年华静驻。

我追悔莫及，急着在远方默默地守候着老屋，即使我们都在疯子般地追逐梦想，在挥霍着并不充实的青春，或者说，我们都在一如既往地忙着长大……

太久太久，太晚太晚，曾经的老屋，成了我的热念的美好。

还好，没有走远，没有迟到，我默默守候着那老屋，片刻之后，雨住云收，从此换了人间。

乡村风景线

——散文诗三章

文 / 王黎冰

四月菜花地

初夏的凉风香喷喷，阵阵撩动她浅蓝浅蓝的衣裙，窈窕的身段儿，让四月的阳光浓笔重彩，涂抹成一幅梵高的精美油画……

乡下的小表姐，菜花地里的小表姐，在一首爱情歌谣里，越长越漂亮，眼睛水汪汪，辫子粗又长。

拨开金色的浪花，踏浪而行。

粉红的手指头，蜻蜓般栖上嫩绿的豌豆尖儿，上下翻飞，翩翩起舞。

我在田垄之上行走，心尖掐得痒酥酥。

绿莹莹的汁液，染亮了四月，染亮了红土地的意境……

今夜，也染亮了游子甜蜜的乡梦。

七月乡土

七月新雨后。

出浴的乡土，饱满丰腴如少妇的身姿。

稼穑青青，芳草萋萋，风吹草动，掩不住阵阵涌动的喜悦。

阳光热情翻晒。

一页页秋天的童话，晾在枝条上，树梢上，随意掐上其中某一小段儿，浓浓欲滴的诗情，闪闪发亮。

沾着稻花的七月哟，喷着果香的七月哟……

快临产了！

知了又酥又脆的乡村小曲，泄露了一段如此生动美妙的情节哦！

晚归

太阳早回家了。

月牙儿爬在树梢头，连连呼唤我：日出而作，日没而息……

空旷的田野，收走了白天的喧闹和忙碌。

女性的小溪，呢喃着温馨的小夜曲，轻抚低低的堤岸，与堤岸内安谧的村庄。

村路如蛇，游进了暮色深处……

阵阵清风，迎面而来不能拒绝，摩挲我的脸颊，温暖如同我们的友情。

唿哨声里，家家炊烟飘来新麦的芳香，好浓好酽，热乎乎的，醉了山村。

读书沙龙

气质的培养

摘编 / 李莉

一、沉稳

凡事第一反应：找方法，而不是找借口，不说"不可能"三个字。

不要随便显露你的情绪。

不要逢人就诉说你的困难和遭遇。

在征询别人的意见之前，自己先思考，但不要先讲。

不要一有机会就唠叨自己的不满。

重要的决定尽量有别人商量，最好隔一天再发布。

讲话不要有任何的慌张，走路也是。

二、细心

凡事先订立目标，并预先作好计划，尽量将目标视觉化。

对身边发生的事情，常思考它们的因果关系。

对做不到位的执行问题，要发掘它们的根本症结。

对习以为常的做事方法，要有改进或优化的建议。

做什么事情都要养成有条不紊和井然有序的习惯。

经常去找几个别人看不出来的毛病或弊端。

自己要随时随地对有所不足的地方补位，并随时随地地学习。

三、胆识

遇到挫折时不说消极的话，不落入消极情绪，而是积极地正面处理，并对自己大声说：太棒了！

不要常用缺乏自信的词句，每天出门照镜子，给自己一个自信的笑容。

不要常常反悔，轻易推翻已经决定的事。

在众人争执不休时，不要没有主见。

整体氛围低落时，你要乐观、阳光。

做任何事情都要用心。

事情不顺的时候，歇口气，重新寻找突破口，就算结束也要干净利落。

四、大度

每天自我反省一次。

对别人的小过失、小错误不要斤斤计较。

在金钱上要大方。

不要有权力的傲慢和知识的偏见。

任何成果和成就都应和别人分享。

必须有人牺牲或奉献的时候，自己走在前面。

五、诚信

做不到的事情不要说，说了就努力做到。

虚的口号或标语不要常挂嘴上。

停止一切"不道德"的做法。

什么时候都不要耍弄小聪明！

六、担当

让自己每一分，每一秒都活在当下，做好当下应该做的事。

检讨任何过失的时候，先从自身开始反省。

事项结束后，先审查过错，再列述功劳。

认错从自己开始，表功从别人启动。

说话的艺术

摘编 / 高军

　　曾看到过这样一个故事：有一只乌龟碰上多年不遇的大旱，它居住的湖泊完全干涸了。依湖泊而居的其他动物都纷纷迁到别的湖边去了。这只乌龟因爬得慢，可能爬行不到有食物的水草丰泽之地时就已经渴死途中。当时有一群大雁也居住在湖边，这群大雁也准备迁往别的湖泊边居住。于是，乌龟就向大雁们苦苦哀求，要求把它也带去。

　　于是，一只大雁就用嘴叼着这只乌龟，往高空飞去，飞了很长时间。经过一座城镇时，乌龟忍不住向大雁问道："你这样不停地飞，到底要飞到哪里？"

　　大雁听了，便张开嘴准备回答乌龟的问话，这时，叼在嘴里的乌龟就径直从高空落下来，摔在地上。

　　乌龟因多嘴多舌而导致堕地身亡的故事说明一个非常简单的道理——话出口之前若不三思，必将会招致恶果。

　　历史上因口舌不慎招致的悲剧多得数不胜数。虽然现在时代不同了，不至于因说错话而招致杀身之祸，但如果管不住自己的嘴巴，当说的说，不当说也乱说的话，同样会给自己带来很多不必要的麻烦。

　　那么，到底哪些话该说，哪些话不该说呢？

　　说到这个问题，我便想到一个典故。有人问哲学家奥佛拉斯塔："在交际场合一言不发好不好？"奥佛拉斯塔回答："如果你是傻子，一言不发是聪明的；如果你是聪明的，一言不发是愚蠢的。"

由此可见说话是一门大学问，是一门艺术，同时也是一种智慧。

俗话说，良言一句三冬暖，恶语伤人六月寒。粗俗的人说话往往缺乏美的意蕴，只会打碎世界原本的美好；而睿智的人说话则讲究一种愉悦的境界和一种和谐的气氛，美化的语言会使生活中许多可能伤害到别人的东西变得温暖起来。

当然，有时说话的艺术不是能学精的，即便如此，也要尽量地改变自己。因为要想经营好自己的人生，首先要经营好自己的话语。要尽量做到：急事，慢慢地说；大事，清楚地说；小事，幽默地说；没把握的事，谨慎地说；没发生的事，不要胡说；做不到的事，别乱说；伤害人的事，不能说；讨厌的事，对事不对人地说；开心的事，看场合说；伤心的事，不要见人就说；别人的事，小心地说。

十冬腊月的由来

摘编 / 方子

我国古代，对农历月份的叫法各不相同，别称繁多。例如：农历的第一个月称为正月，农历的十一月和十二月分别称为冬月和腊月。成语"十冬腊月"就是由此得来的，即十月、十一月和十二月为一年中最寒冷的月份。

农历的每个月份都有不同的别称。由于它和农业生产紧密的联系，所以从二月到九月差不多都用植物来表示，下面是农历十二个月的别称：

一月：孟春、正月、端月、元春、隅月、始春、孟月、寅月；

二月：仲春、杏月、花月、如月、早春、卯月；

三月：季春、桃月、桐月、炳月、三春、阳春、暮春、辰月；

四月：孟夏、阴月、梅月、余月、清和月、巳月；

五月：仲夏、榴月、毒月、蒲月、午月；

六月：季夏、荷月、荔月、目月、伏月、未月；

七月：孟秋、兰月、巧月、瓜月、相月、霜月、桐月、申月；

八月：仲秋、桂月、壮月、中秋月、酉月；

九月：季秋、菊月、玄月、戌月；

十月：孟冬、良月、阳月、小阳春、亥月；

十一月：仲冬、冬月、葭月、辜月、子月；

十二月：季冬、腊月、涂月、嘉平月、丑月。

农历的一个月的前十天按顺序习惯上称为初日，如农历的一月一日称为正月初一，一月二日称为正月初二；第十一天至第二十天以及第三十天直接用天数记录，如农历的一月十五日（元宵节）称为正月十五，农历的十二月三十日（岁除，当天晚上称为除夕）称为腊月三十；第二十一天至第二十九天按顺序习惯上称为廿日，亦有些通假将之说成念日，如农历的一月二十二日称为正月廿二或正月念二。

"五福临门"与"三羊开泰"的来历

摘编 / 贝贝

过春节时，我们经常在对联上看到"五福临门""三羊开泰"这些成语。那么，"五福临门"中"五福"指哪五福呢？"三阳开泰"的典故又是如何来的呢？

"五福"的说法出自我国现存最早史书《尚书》中的《洪范》。

第一福是长寿，意思是命不夭折而且福寿绵长；

第二福是富贵，意思是钱财富足而且位置尊贵；

第三福是康宁，意思是身材健康而且心灵安定；

第四福是好德，意思是生性仁善而且宽厚平静；

第五福是善终，意思是临命终时，没有遭到横祸，身体没有病痛，心里没有挂碍和懊恼，能够安详地离开人世。

五福全部临门才能够构成幸福美满的人生，缺少任何一福人生都不会太美好。比如说，有的人虽然长寿却没有福分，只能贫贱度日；有的人虽然富贵，身体状况却不太健康；有的人虽然既富贵又长命，最后却不能善终……所以说，只有五福全部临门才是十全十美的。

五福当中，最主要的是第四福——"好德"。因为德是福的缘由和基本，福是德的后果和外显。一个人只要具备敦厚纯真的"好德"，就会随时布施行善，广积阴德，这样就会扶植其他四福不断增加。所以说，一个人只要具备了生性仁善、宽厚平静的德，就是最好的福相。

"三羊开泰"本为"三阳开泰",最早出自我国古代经典《易经》,本意是指"冬去春来"。因为在《易经》的64卦之中,古人以《坤》卦为十月的卦象,《复》卦为十一月卦象,《临》卦为十二月卦象,《泰》卦为正月卦象。

农历十一月冬至那天白昼最短,往后白昼渐长,故认为冬至是"一阳生",十二月是"二阳生",正月则是"三阳开泰"。古人认为正月是阴气渐去阳气始生的时候,这个时候"天地交而万物通也",所以是"泰"。"泰"的意思是"吉亨",也就是吉利、亨通、康泰、泰平的意思。

"泰"卦前三爻为阳爻,也称"三阳",代表天;后三爻为阴爻,代表地,故象曰:"天地交泰"。这里的"交"是"接触""贯通"的意思,因为"天地交"了,所以就"泰"了。

在《易经》64卦当中,"泰卦"是非常吉利的卦,故有"否极泰来"的成语。

在古代,"阳"和"羊"同音同调,羊在我国古代又被当成灵兽和吉祥物。从古代器物上可以看到,很多"吉祥"的铭文都写成"吉羊",并且在古汉语中,"羊""祥"通假。

《说文解字》中的解释:"羊,祥也。""开,始也。"连起来解释就是,春天来了,开始有好运了,开泰也有大开财路的意思,所以有个联句叫"三阳开泰运,四季乐平安"。

"上"厕所和"下"厨房

摘编 / 王志文

日常生活里，人们一般习惯把去厕所称为"上厕所"，去厨房称为"下厨房"。你知道这是为什么吗？

在回答这个问题之前，先简单介绍一下五行。"五行"指的是金、木、水、火、土五行，它分别对应着五个方位，东（木）西（金）北（水）南（火）中（土）。五行相生相克，在日常生活中，古人对五行索求相生，忌讳相克。

古代的时候，人们喜欢住四合院，这种院子四面都有房间，最好的房子在北边，坐北朝南，东暖夏凉。特别是冬季的时候，阳光斜射角度很大，光线可以直接照射到屋子里面，令人感觉非常的舒适。所以，北边的房子被称为上房。

那么，北边的好房子给谁住呢？当然是家族中身份最高的老爷、太太。家里有老爷，还会有少爷，少爷住在东面的厢房。东边是太阳升起的地方，寓意少爷能像太阳一样越升越高，茁壮成长。除了有少爷还会有小姐，那么，女孩子住在哪里呢？住在西边，西边的厢房是小姐的闺房。家里有老爷有少爷有小姐，总得有人服侍他们，南面的房子常年见不到阳光，阴暗潮湿，家中的下人就住在南面的房子里。

我国自古是农业国，古时候没有化肥，人们种地只能用天然的肥料，也就是粪，厕所里的粪便成了种庄稼的肥料的主要来源，被称为肥水。"肥水不流外人田"里的"肥水"指的就是厕所里的粪便。

北边是水位，东边是木位。根据五行相生的道理，水生木，东边的木位含有耕种的意思，所以古人在建造厕所时，往往建造在北面偏东的位置。

古时候没有天然气和煤气，生火做饭时要用木材或别的植物，东为木，南为火，同样按照五行相生的道理，木生火，所以，厨房要建造在南面偏东的位置，有借东方的木而生火之意。

自从有了地图，根据地图上的上北下南的规定，渐渐地，人们就形成了一种习惯，有了上北下南的说法。当去北边时，便说"上"，去南边时，便说"下"，比如："皇帝下江南""北上抗日"等等。

因为厕所在院子的北边，厨房在院子的南边，所以就有了"上厕所""下厨房"的说法。

西点军校 22 条军规

摘编 / 吴尚双

第一条　无条件执行

军人的第一件事情就是学会服从。作为一名西点学员，要完成自己的任务就必须具有强有力的执行力。接受了任务就意味着做出了承诺，而完成不了自己的承诺是不应该找任何借口的。可以说，没有任何借口是执行力的表现，是一种很重要的思想，体现了一个人对自己的职责和使命的态度。思想影响态度，态度影响行动，一个不找任何借口的西点学员，肯定是一个执行力很强的学员。

在现实生活中，很少有人可以完全听得进去别人的劝告，可以耐心地接受上级下达的命令，因为似乎在人们的潜意识里，"叛逆"是一种个性和值得推崇的东西，殊不知"叛逆"同样需要服从的资本。在西点军校，美国总统艾森豪威尔说过："任何语言都是苍白的，你唯一需要的就是执行力，一个行动胜过一打计划。"的确，只有行动，才会让人感觉到生命的价值，才可以使人变得智慧、勇敢、坚毅和高尚起来。光说不做，什么都无法改变；抱怨着去做，只会更加难过；只做不说才是提升自我的首选。因为，服从本身也是对自我的尊重和肯定。

第二条　没有任何借口

西点纪律的严厉是出名的。在西点军校，有"四个标准答案"："报告长官，是"；"报告长官，不是"；"报告长官，没有任何借口"；"报告长官，我不知道"。长官只要结果，学员不能多说一个字，更不能为没有完成任务做任何解释。

"没有任何借口"不仅仅是西点军校对所有学员提出的一个口号，更是我们整个人生需要奉行的一个重要的思想理念和行为准则。它体现的是一种完美的执行能力，是一种服从的诚实态度，是一种负责的敬业精神。而在现实生活中，我们所缺少的正是这种精神。借口成了一面挡箭牌，这本身就是一种不负责任的态度。长此以往有害而无益，因为有各种各样的借口可找，就会疏于努力，不再想方设法去争取成功。你若不想做，会找一个借口；你若想做，会找一个办法。

第三条　细节决定成败

西点军校校长的名言："给我任何一个人，只要不是精神病人，我都能把他训练成一个优秀的人才。"西点很重视对新学员的细节训练，要求新学员背诵新学员知识，除了记住会议厅有多少盏灯、蓄水库有多大蓄水量外，还包括大声当众背诵日行事历（今天几点将做什么事）。

人常说，无论做什么事情只要把握大方向就行了，至于那些细枝末节就不要去管了。殊不知"千里之堤，溃于蚁穴"，小事不注意往往会酿成大问题。西点军校前校长潘莫曾指出："最聪明的人设计出来最伟大的计划，执行的时候还是必须从小处着手，整个计划的成败就取决于这些细节。"如果说不拘小节拥有的是豁达的人生，那注重细节的人往往会成就非凡的事业。

第四条　以上司为榜样

西点新学员对上司怎么评价自己，绝对不会太在意，他们会一如既往地做好自己的本职工作，并且对上司充满感激。

这个世界只在乎你是否达到了一定的高度，而不在乎你是踩在巨人的肩膀上上去的，还是踩在垃圾堆上上去的。正因为有比自己强的人的存在，才有进步的动力。对于值得自己学习的人和事，竭尽全力，这才是正确的人生态度。

第五条　荣誉原则

西点的校训为："职责、荣誉、国家。"荣誉原则："学员不得撒谎、欺骗和行窃，也不能容忍他人有上述行为。"西点培养的不仅是一名军人，同时，培养的还是社会的精英，在西点说谎是最大的罪恶。

荣誉是一种可以让人终身受益的资本。世上之所以有那么多安于现状的人，就是因为他们没有强烈的荣誉观念，他们抱着得过且过的人生态度，每天重复着枯燥的生活，永无为目标去努力去激情的感受。

第六条　受人欢迎

西点军校认为军人不是一个让人敬而远之的角色，相反是在需要时，能为大家提供帮助的人；西点军人应该是正直、热情、谦虚、有礼貌的人。在军队新学员必须学会尊重、谦虚，要对包括学长在内的人敬礼，称呼"长官""您"；要记住1400名新学员的名字和基本情况；决不迟到一分钟，在任何时候迟到都会受到最严厉的惩罚。西点的惯例是，当有人迟到，会主动背诵当年拿破仑因迟到一分钟而兵败滑铁卢的故事。

人行于世，总希望和别人和和气气，快快乐乐的相处，某种程度上，这也是做好人办好事的前提。古圣贤说过："得人心者得天下。"一个能让人打心眼儿里喜欢的人，可以在社会上左右逢源。世间有这种能力的人可以更快的完成自己的追求，并获得他人的认可，一举多得。

第七条　善于合作

西点军校规定：有什么事大家要通风报信；训练中必须有一组人才能完成的任务；在训练中还会出现因你的同伴"死亡"，你将不得不一个人面对几个敌人的情况。为创造一个"共同"的敌人，教官有意识的与学员处于"敌对"状态，以增加军校的紧张，令学员更加团结。军队是一个整体，一个人犯错，也会导致整个军事行动失败，所以，在西点军校经常是一个人犯错，全小队一起受罚。另外，军官不能在士兵中有自己偏爱的朋友、哥们。

现今社会充满了竞争，敢于冒险，善于合作，是这个社会对人才的基本要求。善于合作是指在需要互相配合的事情上能够与别人协调一致，做好自己的那个部分。在合作中，要学会乐于助人、虚心请教别人、团结友善、平等待人。养成良好的合作习惯，关系到生活好坏，事业成败。毕竟，个人力量是有限的，只有实现了资源的优化组合，与志同道合者合作，才能实现仅凭自己无法达成的愿望。

第八条　团队精神

一群优秀的人组成的团队是拥有最强生命力和竞争力的团队。而在它背后支撑他们每个成员的巨大力量，便是可贵的团队精神，一种深入灵魂，指引心灵，激人奋进的精神。如果非得说有什么力量是无坚不摧的，那么就是具备这种精神的最强的团队了，而个体也只有在这样的团队中，才可能发展的更好。

第九条　只有第一

在西点军校，只有第一，没有最好，即使你是第一也可以做得更好。

成功是很多人的追求，而竞争意识是成功人士的特征之一。只争第一，只当第一，体现常胜者处于不败之地的信心和魄力。对于天生的挑战者来说，第二意味着自己做的不够，只有第一，才是他们永恒不变的追求。因为只有这样的胆大和"妄为"，才能使自己有更为持久的竞争力和主动地位。

第十条　敢于冒险

西点学员必须明白只有勇敢精神才能让平凡的自己作出惊人的事业，所以，西点军人必须在最前面，勇敢的面对危险。风险越高，人的情绪越接近恐慌，要训练自己在重大关头能处理恐慌，最好在能控制的情况下，练习克服恐慌。

每一年，每一天，时时刻刻，我们每个人都处在一定的风险里，有风险的存在才有预防风险的方法。很多时候，与风险结伴而来的还有机遇。风险越大，机遇越难得。选择还是放弃就成为了人生岔路口的指向标，或功成名就或一败涂地，就看是否有敏锐的眼光和敢于尝试的勇气。

第十一条　火一般的精神

失去了热情，就等于失去了作战的勇气。对军人职业的热爱，是学习、训练不断前进的动力。

热情到底是什么？它对我们的人生又有着怎样与众不同的意义？这些虽非只言片语可以回答，但有一点可以肯定：热情，是每个人身上都应具有的精神，是生命对我们的馈赠。

第十二条　不断提升自己

成长，在于每一天的获得和积累；提高，在于自己的学习和努力。西点军校第一任校长乔纳森·威廉斯曾说过："不管你有多么伟大，你依然需要提升自己，如果你停止在现有的水平上，实际上你是在倒退。"小到言谈举止，大到人生态度，都离不开主动的提升。成功的路不止一条，成功的标准也不止一个。有勇气不断超越自己，不断超越过去的人，才有可能跻身于成功者的行列。

第十三条　勇敢者的游戏

理性的勇敢：教官会故意加重学员的焦虑，教官知道学员有一种理性的回避恐惧的方法，没有恐惧，勇气是培养不出来的，西点拒绝逃兵。

记得一首名为《勇敢者的心》的诗中这样写道："用勇气之火去点燃希望之繁星，照亮人生过往中的每一日光阴，只因时间可以摧毁一切懦弱，却埋葬不了一颗勇敢者年轻的心。"这是一场只有勇敢者才玩得起的游戏。因为只有为梦想而坚持的人，才有胜出的可能，从而成就一段非凡的人生。

第十四条　全力以赴

对于梦想，只需懂得这两句词就够了："把握生命中的每一分钟，全力以赴我们心中的梦，不经历风雨，怎么见彩虹，没有人能随随便便成功……"

第十五条　尽职尽责

学员不论在什么时候，无论穿军服与否，无论在西点内还是外，无论是担任值勤或宿舍值班员，都有义务、有责任履行自己的职责，而这出发点不是为了获得奖赏或逃避惩罚，是出自内在的责任感。

尽职尽责，这不仅是工作原则，也是人生的原则。做事一丝不苟能够迅速培养严谨的品格和获得超凡的智能；它既能带领普通人往好的方向前进，更能鼓舞优秀的人追求更高的境界。所以无论做任何事，务必竭尽全力，因为它决定一个人日后事业上的成败。能处处以主动尽职的态度工作，即使从事最平庸的职业也能增添个人的荣耀。

第十六条　没有不可能

西点学员只有50% ~ 70%能最后能毕业，学员执行任务只能回答"我一定做到""我能行"，最差也是"我执行""是"。惊慌失措只能乱中添乱，只能走向更大的失败。西点军校不允许失败，学员们也决不惧怕失败。

将"不可能"变成"可能"的人是自己人生的掌舵者。这样的人常常会绝处逢生，再多的艰难困苦，在他面前似乎都只是"摆设"，能以很轻松的心态绕过前行。

第十七条　永不放弃

胜利往往产生于再坚持一下的努力之中。坚持是一种可贵的品质，也是成大事立大业者的特征。在世界上，没有什么东西可以代替坚韧不拔的意志，在拥有这种意志力的人的身上没有所谓的"滑铁卢"，更看不到沮丧的眼泪，不论面对怎样的困境，多大的打击，他们总是埋头苦干，从不轻言放弃。

第十八条　敬业为魂

西点学员必须建立使命感。西点学员的品德，是一种高于社会的道德品德。一个西点的军人挣的薪水哪怕是社会上的最低收入，他们也会觉得自己是社会中很重要的一分子，也会视军人为最大荣誉，把自己的

一生与西点军人紧紧联系在一起。

第十九条　为自己奋斗

"不要问国家给了你什么，问问你自己，你给了国家什么。"西点军校需要的是一种牺牲精神，不能过多的考虑个人利益，明白只要自己努力进步，晋升就是必然的。

第二十条　理念至上

有什么样的想法就有什么样的选择，有什么样的选择就有什么样的生活。在瞬息万变的各种竞争中，理念是制胜的尚方宝剑，是财富，是资本，拥有了它就拥有了成功的契机。

第二十一条　自动自发

人生好比一份考卷，单选、多选、不定项，无其不有。什么是必须做的，什么是可以做的，什么是可做可不做的，都应心知肚明。主动一些，多比别人做一道题，就会多学一点经验和知识，也就多了一份成功的可能。

第二十二条　立即行动

美国著名政治家本杰明·富兰克林说过："千万不要把今天能做的事留到明天。"战争中，拖延能直接导致行动的失败。在生活中，拖延会使你的计划成为泡影。

流淌着友谊和梦想的月亮河

——读王一梅童话《鼹鼠的月亮河》有感

文 / 肖楚涵

假期里，我读了王一梅阿姨的这本《鼹鼠的月亮河》。这真是一本好看的书，当我合上书时，我依然沉浸在书中描绘的美好情景里……

鼹鼠米加一家住在美丽的月亮河畔。与众不同的鼹鼠米加不喜欢爸爸为他选择的成长道路——挖地洞，他带着自己梦想和一块记载友谊的月亮石离开了家乡。在陌生的地方，他结识了总是念错魔法口诀、但善良有趣的魔法师咕哩咕，还和"乌鸦坡"的乌鸦们结下了深厚的友谊，并用自己的智慧帮助乌鸦们战胜了凶猛的老鹰。

书里最让我感动的是米加和鼹鼠尼里的友谊。米加答应尼里要发明一台洗衣机送给尼里，这样尼里就不用那么劳累地洗一家人的衣服了。米加做到了，他是一只有梦想的鼹鼠！

在书中的第116页，鼹鼠米加说："其实，做谁不重要，关键是你想做什么事情。"我觉得这句话说得很对，每个人都需要想一想，我们要做些什么事情，去追求梦想，实现梦想！

成长智慧

摘编 / 甜甜

把伤害写在沙滩上

曾看到过这样一个故事：穆罕默德和阿里巴巴是好朋友。有一次，阿里巴巴打了穆罕默德一耳光，穆罕默德十分气愤地跑到沙滩上写道：某年某月某日，阿里巴巴打了穆罕默德一巴掌。还有一次，当穆罕默德快要跌落山崖时，阿里巴巴及时拉了他一把。穆罕默德十分感激，于是在石头上刻道：某年某月某日，阿里巴巴救了穆罕默德一命。

阿里巴巴十分不解，问穆罕默德为什么要把自己对他的伤害写在沙滩上，把自己对他的恩情却刻在石头上。

穆罕默德告诉他："我把你我之间的不快与误会写在沙滩上，是希望它在海水涨潮的时候被海水带走，消失得无影无踪；我把你对我的恩情刻在石头上，是希望它能和石头一样不朽。你对我的恩情让我感到快乐，我希望这种快乐永存心中。"

穆罕默德是一个聪明人：他选择了遗忘痛苦，永记快乐！

人生的痛苦和快乐就在于自己的抉择。你选择快乐，快乐就会跟随你。同样的，你选择痛苦，痛苦就会和你形影不离。原谅别人的错误，用心记住别人对自己的每次帮助，并且心中充满感激。这样，你就会得到快乐！

善于长跑的梅花鹿

善于长跑的梅花鹿，为了躲避狼虎的捕食，经常刻苦地练习长跑。在一次长跑比赛中，梅花鹿以坚实的长跑基础获得了这次比赛的冠军。

当举办方把金牌授予梅花鹿时，梅花鹿激动异常地把金牌挂在脖子上。从此，梅花鹿以冠军的身份四处出席活动，不再练习长跑。在一次野外活动时，梅花鹿不幸遇到一只饿虎，最终因长跑的技术大不如以前而被老虎捕食。

当一个人取得一定的成绩后，如果不继续努力，始终躺在荣誉上睡觉的话，最终会被别人击倒，失败在过去的成绩上。

再坚持一下

有两个人结伴去登山，下山走到半山腰时，有一个人不小心摔伤了腿，只能靠另一个人背着走。眼看天色就黑了，而山路又这么崎岖陡峭，另一个人根本不可能把他安全地背下山。

于是，健全的人就对受伤的同伴说："你先躺在这儿，我去想办法找到救援。"走时他把一把防身用的匕首塞到同伴的手里，以防虫蛇野兽伤害他的朋友。

健全的人走后，受伤的人躺在地上等了很长时间同伴也没有回来。这时天也渐渐黑了。

在这荒山野地里，只要天色一暗，就能时不时听到一些野兽的吼叫，除了害怕同伴回不来外，受伤的人更担心野兽闻着他伤口上的血腥找过来把他吃了。

最后，在极度恐惧和极度绝望中这个人用匕首结束了自己的生命。

然而，在他刚把匕首插进自己的心脏时，就隐隐约约听到远处他同伴呼喊他的声音。等他同伴领着救援队赶到时，他已经停止呼吸。

世上没有绝望的处境，只有对处境绝望的人。当我们感到绝望时，只要再坚持一下，就会重新迎来生机。

手上的茧子

小时候有一次和奶奶一块儿去山上割猪草，没割多大一会儿，手就被镰刀柄磨破了，渗出血来。奶奶用布把我受伤的手包起来，让我坐在一边看着，等她割满一筐草后再回去。

奶奶快速地割着，不一会儿我面前的猪草就堆得像个小山似的。我迷惑地问奶奶："为什么我的手会磨破，而您的手却不会被磨破。"

奶奶说："我的手以前也磨破过，磨破之后又长好了，之后再被磨破，再长好。这样反复多次，手上最容易被磨破的地方就会越长越硬，最后长成最不容易磨破的茧子。"

在生活中，谁都难免受伤，如果我们能超越疼痛，把每一次受伤都看着是生命的一次成长，那么，受过伤的地方，一定会成长为我们身上最坚韧的部分。

真正的精品

有一个小木匠跟着木匠师傅学做家具，见师傅做活非常认真细致，不光把家具的正面打磨得光滑平整、完美无瑕，在看不见的底面，也都打磨得平整光滑。

小木匠十分不解地问师傅："买家具的人难道会钻到家具底下去欣赏吗？"

师傅语重心长地说："真正的精品，不论是看得见的正面，还是看不见的底面，都必须表里如一的完美无瑕。"

做人又何尝不是如此，一个人的道德品质往往从最隐蔽、最细微的地方真实地暴露出来。而真正品德高尚的人，不论是在公开场合，还是在非公开场合，都能始终不渝地坚持自己的道德信念，自觉按道德要求行事。

两棵枣树

有一个农夫在院落里种了两棵枣树，为了让枣树早点开花结果，农夫天天给它们浇水施肥。第一棵枣树长得枝繁叶茂，然而就是不开花结果。第二棵枣树虽然长得比第一棵枣树纤细瘦弱，但第二年就开花结枣了。

农夫对第一棵枣树非常生气，对第二棵枣树十分器重，从此他就只给第二棵枣树浇水施肥，不再管第一棵枣树。

几年后，第一棵枣树长成一棵枝繁叶茂的参天大树，由于它养分充足，终于结出又大又甜的果实。而第二棵树由于还没成熟就过早的开花结果，不但没长成参天大树，还早早就累弯了腰。由于养分不足，它结出的果实又小又少又难吃。最后农夫把它砍掉当柴烧了。

由此可见，只有厚积薄发才能获得最后的成功，而那些急于求成的人虽然有时也能获得暂时的成功，但最终会以失败收场。

致命的爱护

受她妈妈的影响，邻居家七岁的苹苹非常喜欢养花草。有一次，她把院里花坛上一颗芦荟移栽在一只漂亮的小花盆里，放在她房间的书桌上。

苹苹对这颗小芦荟可真谓呵护有加，每天早上上学之前都给它浇一遍水，晚上回来再浇上一遍，还时不时拿小勺给它松松土，把它放在窗户上晒晒太阳。

可以没过多长时间，这颗小芦荟就死掉了。而那些生长在花坛上的它的同胞们，没人管它们，却个个都生长得十分硕壮。

给花草过度浇水，会使花草涝死；给庄稼过度施肥，会使庄稼减产；很多时候，过度的呵护和溺爱，不但不是真正的爱护，反而是一种致命的伤害。

凡事有个"度"

公鸡和小猪是好朋友。夏天到了，公鸡种的西瓜熟了，公鸡便热情地邀请小猪到家里吃西瓜。

西瓜又大又甜，小猪不由得张开胃口美美地饱餐了一顿。

小猪吃饱后，谢过公鸡准备回家。公鸡却不由分说又从瓜地里摘了一个又大又圆的西瓜请小猪吃。盛情难却，小猪便又把这只大西瓜吃完了。这个大西瓜把小猪的肚子撑得像个快要爆炸的大皮球，而公鸡还怕小猪没吃好似的，还准备再去摘一个西瓜给小猪吃。

小猪见状，吓得站起来立马就跑回家了，从此再不去公鸡家了。

凡事都有个"度"，做事如果把握不住这个"度"，即便是好心，有时候也不一定能办好事。没有"度"的好事，不但不能为别人所接受，往往还会引起别人的反感，会起到相反的作用。

盲人打灯笼

有个盲人，每次走夜路时都要提着一只灯笼。路人十分不解，问道："你眼睛看不见，白天和黑夜对你来说有什么区别？你为什么要提着灯笼呢？"

盲人答道："我听说天黑以后，世人都跟我一样什么都看不见了，所以我才点上灯为他们照亮道路。"

路人大悟："原来你点灯是为了给别的赶路人照亮。你真有善心！"

盲人说："也不全是为别人。因为点了灯，在黑夜里别人能看到我，就不会把我撞倒。"

生活中，我们帮助别人的同时，其实也是在帮助自己；我们方便别人的同时，往往也是在方便自己。

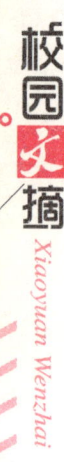
仰望星空的霍金

摘编 / 何红红

　　霍金是影响世界的大科学家，他从研究黑洞出发，超越了相对论量子力学和爆炸理论，探索了宇宙的起源和归宿，被誉为是"当今的爱因斯坦"和"宇宙之王"。霍金的伟大不光体现在科学成就上，更主要的是他那种身残志坚的精神，他不断求索的科学精神和勇敢顽强与命运抗争的人格力量深深地吸引了每一个知道他的人。

　　霍金1942年出生于英国牛津，出生当天正好是伽利略逝世300周年忌日。

　　童年时的霍金学习能力并不强，他很晚才学会阅读，上学后在班级里的成绩从来没有进过前10名，再加上他的作业总是"很不整洁"，老师们便认为他已经"无可救药"了，同学们也都把他当成了嘲弄的对象。

　　在霍金12岁时，他班上有两个男孩子用一袋糖果打赌，说霍金永远不能成材，同学们还带有讽刺意味地给他起了个外号叫"爱因斯坦"。没想到20多年后，这个当初毫不出众的小男孩，真的成了物理界像爱因斯坦一样的大师级人物。这究竟是什么原因呢？

　　原来，随着年龄渐长，小霍金对万事万物如何运行开始感兴趣起来，他经常把东西拆散以追根究底，他的父母并没有因此而责罚他，他的父亲甚至给他担任起数学和物理学"教练"。在十三四岁时，霍金发现自己对物理学方面的研究非常有兴趣，虽然中学物理学太容易太浅显，显得特别枯燥，但他认为这是最基础的科学，有望解决人们从何处来和为何在这里的问题。从此，霍金开始了真正的科学探索。

1959年，17岁的霍金入读牛津大学的大学学院攻读自然科学。在学校里，他不爱运动，也不擅长各类体育活动，因为他发觉自己的手脚远没有自己的大脑灵活。有一次，他摔倒后却不能自己爬起来。顿时，一个不祥的预感笼罩在他心头，不过他还是愉快地过完了21岁的生日。

过完生日后不久，霍金就去圣巴特医院做了一系列难受的检查，结果得到一个令他震惊的消息：他患上了肌萎缩性（脊髓）侧索硬化症（ALS），在英国这种病也称为运动神经元病。

这是一种原因不明的不治之症，患上这种病的人会不断地衰弱下去，以至于无法随意地控制身上的肌肉；运动神经元、大脑神经元以及脊髓会逐渐地失去作用，而把它们与肌肉联系起来的神经纤维也会无法使肌肉运动，或者说也会失去功能。

也就是说，患这种病的人走路会变得越来越困难，他们的手臂和手会变得越来越没劲，就连吃饭和写字这样简单的动作都会难以操作，说话和吞咽也会变得越来越费力，最后甚至连呼吸都会变成一场搏斗，疾病到了后阶段可能还会用上呼吸器，因而会严重地危及生命。

医生告诉霍金，他最多只有两年的时间了。

霍金听完医生的话，整个人都震呆了。他躺在医院的病床上，悲观而遗憾地想："这样的事为什么会发生在我的身上？我为什么这么年轻就要病死呢？"

跟他住同一间病房的是一位患白血病的小男孩，这个小男孩在他刚住进病房不久就离世了。这个小男孩的离世让霍金意识到有些人的命运比他还要惨。于是，霍金决定从沉闷和悲观中振作起来，他在心里暗暗地对自己说："如果缓期执行死刑的话，我就会去做许多有价值的事情。"

为此，霍金想回到学校继续完成学业和他的科学探索。医生们虽然认为他活不到获得学位的那一天了，但也都鼓励他继续学下去。因为医生们觉得，除了鼓励霍金把注意力转移到学习上去之外，也没有什么别的好办法。

正是这种对科学探索的执着精神，给了霍金应对病魔的勇气和毅力，让他竟然打破医生的预言，奇迹般地活了下来。

此后的三十多年里，霍金被限制在轮椅上，体重还不到40公斤，不仅不能够站立、活动，甚至连说话都是要靠特制的计算机语言系统。在如此悲惨的情况下，霍金并没有悲观消沉，而是凭着自己的智慧和努力，写出了著名的《时间简史》，登上了当今科学金字塔的顶峰，推动了科技的飞速发展，为世界作出了巨大贡献。

在一次学术报告结束之际，一位年轻的女记者向霍金提了一个无比尖锐的问题。她说："霍金先生，难道您不为只能被固定在一个轮椅上而感到悲哀吗？"

霍金镇定自若地用手指在键盘上敲出这些字："我没有感到悲哀，相反，我却很庆幸，因为上帝虽然把我固定在一个轮椅上，但是却给我足以想象世间万物、足以激发人生斗志的能力。其实上帝对每个人都是很公平的！"霍金的回答得到了全场最热烈的掌声。

可见，人生的斗志，在霍金身上得到了最完美的镶嵌和最充分的体现！

正是因为霍金有强烈的使命感，有执着的追求和人生的斗志，才使得他的生命大放光彩，成为继爱因斯坦后最伟大的科学家。

在人生旅途中，谁也难免会遇到荆棘和挫折。当我们遇到挫折时，只要想想霍金，想想霍金在那样艰苦的条件下都能成为如此伟大的科学家，我们还有什么不能克服的困难呢？我们要时刻记住霍金说过的一句话：不管生活看起来多么困难，总有可做并且成功之事！

在棍子下长大的周杰伦

摘编 / 周周

小天王周杰伦出生在台北市的一个普通家庭，从小就表现出对音乐的天赋——只要一听到音乐就会兴奋地随着节奏摇晃。小时候的周杰伦不单喜欢戴着墨镜模仿高凌风唱歌和坐在电视机前跟着广告唱唱跳跳，他对录音也非常有兴趣，经常拿着录音机录自己唱的歌或自己编的故事。

妈妈看出小杰伦在音乐上的天分后，3岁时就开始让他练习弹琴。3岁正是玩耍的年龄，每次练琴的时候，小杰伦只要一听到窗外小伙伴的嬉闹声，他心里就像长了草似的，再也没心弹琴，只想敷衍了事地应付完"差事"好出去和小伙伴们玩。

每当此时，严厉的妈妈就会拿着一根棍子站在他后面。只要发现他弹错了，或是弹得不专心，棍子就马上落在小杰伦的手背上。为此，小杰伦双手总是布满淤青的伤痕。

妈妈的严格要求让小杰伦一度产生了逆反心理，想再也不学钢琴了。但过不了几天，对音乐的喜欢又让他忍不住想去弹琴。反复几次之后，小杰伦不但从此乖乖的继续练琴，而且无论老师多么严格，他也再没有动过离开音乐的念头。

渐渐长大的周杰伦后来考上台北淡水高中的音乐科。在这个学校，因为周杰伦弹得一手好琴，又很会打篮球，一下子成了学校里的风云人

物，成为很多女生心目中的白马王子。

临近高中毕业时，当其他同学都忙着准备大学联考时，周杰伦却仍然沉溺在音乐爱好之中，仍然和往常一样的逃课和加倍练琴。

在那时，一个普通家庭出身的孩子最好的选择是学习数学、自然科学和计算机，以便将来找份好工作谋生，而音乐则是有钱人的奢侈品。很显然，同学们都认为周杰伦奢侈不起，认为他沉溺音乐只会给他的未来带来一片迷茫。

果然，1996 年 6 月，高中毕业后的周杰伦竟一时找不到工作，最后只好应聘到一家餐馆当了名服务生。服务生每天的工作就是把厨师做好的菜送到餐厅，再由女服务员传到客人面前。这种工作跟他喜欢的音乐半点边都沾不上，为此，周杰伦感觉未来一片迷茫，每天生活得毫无目标。

迷茫中，台湾的偶像征选节目《超级新人王》开始了。一位学妹帮喜欢音乐的周杰伦悄悄报了名。当该节目制作人和周杰伦联络上，要他参赛表演时，周杰伦惊讶不已。

虽然周杰伦很小就渴望有一天能上台表演当歌星，然而当主持人让他上台独唱时，他却因胆怯害羞不敢一个人独自上台，把机会白白地放走了。最后，制作人只好让他帮一位想当歌手的朋友钢琴伴奏。

没想到钢琴一向弹得很好的他，这次也因太紧张而表演得很差，根本没把自己的实际水平发挥出来。

当时，节目主持人吴宗宪一直在挖掘新人。本来吴宗宪对他们这对组合挺看好的，然而看完他们的表演后却感到十分失望。他们表演完后，吴宗宪对制片人说："我一点都不觉得这个歌手唱得好听。"

不过，为了不错过有潜力的新人，吴宗宪还是看了一眼周杰伦刚才弹凑的乐谱。这一看顿时把他给惊呆了，因为这个乐谱做得非常复杂、非常好！

录完影后，吴宗宪走到后台去找周杰伦。当时周杰伦头上戴着一顶棒球帽，帽沿几乎盖住他的整个眼部。吴宗宪跟这个安静害羞的男孩一番深谈之后，决定聘请周杰伦到自己的唱片公司担任音乐制作助理的职务。

　　音乐制作助理的工作并不是什么好差事，这个工作跟打杂差不多，什么杂事都得做，有时还得帮大家买盒饭，而且薪水非常少。一般人都不愿意做这个工作，但周杰伦却把这个工作看成是自己实现梦想的一个开始，为此，他做这个工作做得很开心。

　　在唱片公司里，从小扎扎实实打下的音乐根基让周杰伦的表现越来越亮眼，老板吴宗宪看在眼里，决定给这个有才华的小伙子一个机会——让他当创作歌手，拥有自己的舞台。

一天，吴宗宪将周杰伦叫到办公室十分郑重地说："阿伦，如果你能在10天之内写出50首歌，而我可以从中挑出10首满意的歌的话，我就帮你出唱片。"

周杰伦听了这话兴奋不已，马上跑到街上买回一大箱方便面。然后把自己关在房间里一首接一首地创作。每当疲惫的时候，他就在房间的某个角落里打个盹儿，醒来之后再接着创作。就这样，短短10天时间，周杰伦真的创作出了50首歌曲，而且每一首都写得漂漂亮亮，谱得工工整整。

经过大半年时间的精心制作，周杰伦的第一张专辑——《JAY》制作出来了。这张专辑一发行便让周杰伦一鸣惊人。这张唱片不但销量很好，而且还一连夺得两届台湾流行音乐金曲奖的最佳流行演唱专辑、最佳制作人、作曲人等大奖。仿佛一夜之间，华语流行歌坛几乎被周杰伦一个人的声音统治了。

从2000年周杰伦的第一张专辑上市被抢购一空开始，到现在他的专辑销量仍无人能及。周杰伦在接受美国《时代》杂志专访时说："明星梦并不是遥不可及的，其实，任何人都可以做，只要你肯努力。我之所以能有今天，就是我不服输的结果。"

可见，周杰伦之所以能从一名餐厅服务员成长为家喻户晓的当红小天王，跟他的努力和不服输是分不开的。应该说，每个成功的背后，都付出过艰辛的努力和持久的热情。世界很大，机会很多，而机会总是青睐那些努力而又不服输的人。

著名科学家牛顿说过："无论做什么事情，只要肯努力奋斗，是没有不成功的。"只要你肯努力，相信你也一样能够实现自己的梦想。

阿宝：一个声音的传奇

摘编 / 谢宁春

2006 年春节晚会中，有一位名不见经传的歌手阿宝出现在晚会上，跟著名民族声乐歌唱家吴雁泽和著名男高音歌唱家戴玉强一起演唱《草原上升起不落的太阳》。令人想不到的是，这三人组合中最出彩的并不是所谓的"世界第四男高音"戴玉强，也不是"老当益壮"的吴雁泽，而是那位艺名叫阿宝的民歌手。阿宝穿破云天的高音，在富有穿透力的演唱中，糅入了抑扬顿挫的处理和贴近欣赏者感受的曲折，使人们对他的印象深刻。

其实，阿宝并不是是歌坛新人，在演唱这条路上，他已经足足走了 20 年。

1969 年，阿宝出生于山西大同郊区的一个小村子里。从小就很有唱歌天赋的阿宝，4 岁时就开始跟着村里文艺宣传队登台独唱，6 岁就可以把《兄妹开荒》全部唱下来。由于从小对民间音乐的耳濡目染，让他对山西、陕西和内蒙古的民歌特别感兴趣。

高中毕业后，有一天阿宝在报纸上看到有个戏班子招收学员，便兴奋不已地骑着自行车去"投奔"这个戏班子，并逐渐成了这个戏班子的"台柱子"。这个戏班子却从不给阿宝发一分钱的工资。有次，阿宝家里有点事情需要钱，阿宝就试探着开口向班主提出要工钱。没想到班主马上把脸一沉，说道："那你别跟我们走了，我们不要你了！"

半个小时后，戏班子所有的人都不声不响地卷铺盖走了。阿宝一心一意跟随一年的"家"就这样将他无情地抛弃了。身无分文的阿宝在异地他乡欲哭无泪，最后，好心的村民给他捐了50元钱的路费让他回到家。

阿宝回到家没过多久，村里又来了一个戏班子，阿宝又动了"出去闯荡"的想法。一次，他跟着这个戏班来到山西和陕西交界的一个小镇演出，正在台上唱《赶牲灵》时，突然，戏台上的马灯"砰"的一声被打碎了，场内顿时一片混乱。阿宝转身往后台走的时候，突然一块石头砸在他的头上，顿时鲜血直流，染红了他的衣服……

阿宝真想就这样放弃自己的演唱梦，回去打工挣钱去。但很快他又否定了自己的这个想法。演唱生涯虽然带给他很多磨难，但舞台也给了他不少生活的激情和梦想。当歌手时间长了，再加上他乐感好、声音蹿高走低来去自由，他的表演越来越能调动观众的情绪，也越来越受欢迎，所以，他一直有个梦想——通过比赛来实现自己的歌唱梦。

1995年7月，太原一个区组织了一场唱歌比赛，阿宝报名参加了。当他演唱结束时，观众的反应十分热烈，然而评委却以"唱法不正宗""发声方法不科学"给了他全场最低的分。比赛结束后，一位专家评委居然还很不客气地对他说："你唱的这叫什么歌，就知道闭着眼睛扯着嗓子瞎喊。这样下去你这辈子也别想成功！"这位评委的话像一把尖刀深深扎在阿宝心上，令他疼痛难忍。

然而，顽强的阿宝并没有因这次打击而放弃自己热爱的歌唱事业，他决定继续努力下去，通过更大型更正规的舞台来证明自己的实力。

机会终于来了！在2004年央视"星光大道"的节目中，阿宝以个性鲜明的独特歌声，获得周冠军和月冠军。2005年10月7日，《星光大道》年度总决赛时，阿宝以一曲高亢的《山丹丹开花红艳艳》将现场气氛一次次推向高潮，夺得了2005年《星光大道》年度总冠军，并成为进入2006年春晚的第一位平民演员。这也是央视春节晚会举办20多年来，第一次从栏目中直接选拔演员。

　　阿宝虽然没有机会接受音乐教育，并被多位专家认为发声方法不科学，参加比赛也屡次被淘汰，被所有专业艺术团拒之门外，但他并没有因此而放弃自己歌唱的梦想，而是以顽强的精神扎根于民间广阔土壤里坚韧地生长着。最终，他以自己淳朴自然发自心底的呐喊感动了无数心灵，得到广大观众和评委的认可，成为首次进入春晚的平民演员、首位正式在全国发行唱片专辑的乡土民歌手。

　　阿宝，一位历尽艰辛真正来自民间的艺人，正创造着一个声音的传奇！

中国文学史上的三个梦

摘编 / 化碟

中国文学里，有三个著名的指点人生哲学的美梦——蝴蝶梦、邯郸梦和南柯梦。

蝴蝶梦出自《庄子》第二篇《齐物论》最后的结论。齐物就是平等，齐物论的主旨就是万物都是平等的。《庄子》又称《南华经》，系庄周及其后学所撰。庄周是战国时期的人，祖上系楚国贵族，后因楚国动乱，迁至宋国。庄周自幼静思好学，崇尚老子的道家之学。

庄周喜欢白天睡觉，有一次他睡觉时梦见自己变成一只蝴蝶，在园林花草之中自由地飞舞，全然忘记自己是庄周了。醒来后，他发现自己仍旧是僵卧在床上的庄周。惊疑不定的庄周想不明白刚才究竟是庄周做梦变成了蝴蝶，还是蝴蝶做梦变成了庄周？庄周与蝴蝶又有什么分别呢？于是，他就提出一个问题：刚才我做梦的时候是蝴蝶不是庄周，醒来后却发现我是庄周而不是蝴蝶，究竟我是庄周呢，还是蝴蝶呢？哪一个才是真正的我？

这就叫物化。

庄周的蝴蝶梦，等于佛学所讲的晚上是闭起眼睛做梦，白天是张开眼睛做梦，可是人们却把白天做梦当成真的，把晚上做梦当成假的。究竟梦是人生，还是人生是梦，真正的人生是什么？

庄周通过梦蝶的寓言故事，意在阐述物我两忘，不以世事撄心，追求逍遥自由的哲学思想。庄周的"蝴蝶梦"表达了人类思想史上异化最早的梦想，蝴蝶象征着人性无拘无束、天真烂漫的本质。化蝶又恍如登仙，是人性的回归，是古往今来普天下芸芸众生热切的梦想。

"蝴蝶梦"就像那只栩栩飞舞的蝴蝶一样让人梦魂牵绕，其独具特色的艺术魅力使无数文人墨客为之倾醉，此后"梦"与"蝶"交织在一起，以其迷离的梦幻色彩为历代迁客骚人所吟唱，这一文学意象也变得越来越迷人而富有魅力。

邯郸梦，出自《唐人笔记小说》，讲的是有一个叫卢生的山东书生，醉心于功名富贵，经常发出不得志的感慨。有一天，卢生住在邯郸县赵州桥西的一个小店里，遇到得道的吕洞宾。吕洞宾见他一心"待要一生得意"，就送给他一个枕头，对他说："你枕着这个枕头睡，就可以获得荣华富贵。"

这时，小店的主人才刚开始做饭，离开饭时间还早，卢生就枕着这个枕头想先休息一会儿。不料一枕下去马上就睡着了，并立刻做起梦来。在梦里，他娶了一位高贵而美丽的小姐，生活阔绰，十分体面。第二年，他又夺得状元功名，授翰林编修兼知制诰。但却不小心得罪了权臣宇文融，遂被贬至陕州为知府，负责凿石开河。这个浩大的工程难度非常大，却不料卢生竟能轻易取得成功。皇上东巡亲自看到河道盛况后，对卢生恩宠有加。

当时适逢吐蕃侵犯边疆。忌恨卢生的宇文融便又趁机力荐卢生率兵靖边，想把卢生置之于死地。没想到卢生竟又战胜凯旋回朝。被皇帝封妻荫子。

正当卢生春风得意之际，宇文融又罗织他"通敌"的罪名，正要被斩首时，又因朝上的一些大臣竭力为他求情，皇上便恩赦不杀他，把他贬到边境。他刚到边境不久，便又沉冤昭雪了，被皇帝召回朝，被尊为位极人臣的上相并兼掌握兵权，后来受封为"燕国公"。

晚年的卢生福禄齐全，子孙满堂，他的五个儿子，也都和名门望族对了亲，一个个也都做了大官。他的十几个孙子，个个都聪明出众。他一直活到八十多岁，正要寿终正寝时，醒了过来。这才发觉刚才的种种原来一场梦，而梦醒时，店主人煮的黄粱饭还没有熟哩。

卢生想到刚才梦中几十年荣华富贵，不过是一个短暂的梦。遂放下考功名之心，跟着吕洞宾去修道了。

邯郸梦实际上是一个寓言，原比喻人生虚幻，后比喻不能实现的梦想。

南柯梦又叫槐安梦，也出自《唐人笔记小说》里。讲的是一个读书人，在书房读书，他的书房向南开窗，窗外有一棵老槐树，树上有一个树杈，上面分别有两个蚂蚁窝。这个读书人经常看书看累了，就看蚂蚁爬来爬去。有一天，这个读书人读书读得疲劳了，就睡着了。在睡梦中，他梦见自己考中状元，官任南柯太守，二十年享尽荣华富贵，醒后发觉原来是一梦。南柯梦是套邯郸梦而来的，跟邯郸梦的寓意一样，原借喻世间荣华富贵不过是一场空梦，现在常比喻为一场空欢喜。

中国历史上最著名的十大谋士

摘编 / 张丽丽

姜子牙

姜子牙也称姜太公，姜姓，吕氏，名望，字子牙，号飞熊。姜子牙是商朝末年人，其始祖四岳伯益因辅佐大禹治水有功而被封于吕地，因此得吕氏。

姜子牙生于山东省的沿海地区，自幼聪慧，能预测将要发生的大事。他生活的商朝，因皇帝纣是个残暴的人，导致年年战争不断，人民流离失所。为了躲避战乱，姜子牙到我国北方的辽宁隐居了40年，后来又来到西北陕西省的终南山。在终南山时，姜子牙经常到渭河去钓鱼，可是3年中他却一条鱼也没有钓到，而且他的鱼钩还是直的。人们都

嘲笑他，他却无动于衷，依然每天拿着直鱼钩到渭河钓鱼。

当时，周朝皇帝周文王为了打败商纣建立新王朝而正在到处搜罗人才。一天晚上，周文王梦见一位武能安邦、文能治国的贤才，辅助他实现了灭殷兴周的任务。第二天，周文王出去狩猎时，在渭河边遇到了自己梦中的高人姜子牙，于是，就把姜子牙请回朝尊为太师。

后来，在姜子牙的辅佐下，周朝终于实现了灭殷的任务。

姜子牙是周文王倾商周武王克殷的首席谋主、最高军事统帅和西周的开国元勋，也是齐文化的创始人，是我国古代一位影响久远的杰出的韬略家、军事家与政治家。历代典籍都公认他的历史地位，儒、道、法、兵、纵横诸家皆追他为本家人物，被尊为"百家宗师"。

管 仲

管仲，姬姓，管氏，名夷吾，又名敬仲，字仲，是我国春秋时期齐国著名的政治家和军事家，被誉为"春秋第一相"。

管仲生活的春秋时代，因周王室衰微，一些较大的诸侯国为了争夺地盘经常相互攻打。当时，诸侯国齐国是其中实力较强的一个。齐襄公在位期间，政治黑暗，统治阶级内部矛盾尖锐，齐襄公的兄弟和大臣都逃往国外。齐襄公的弟弟小白和纠也都出国寻找政治出路。

纠的母亲是鲁国国君的女儿，纠的门人管仲便陪同纠来到鲁国，而小白的门人鲍叔牙则保护小白躲到了莒国。后来，齐国发生内乱，齐襄公被杀。于是逃亡在外的纠和小白都想趁此机会夺回君位。

小白接到齐襄公被杀的信后立即与鲍叔牙上路。当纠得知小白已经上路，便派管仲带人埋伏在路上准备偷袭小白。管仲刚埋伏好，就看到小白飞马赶到。于是，管仲便搭弓引箭向小白射去，一箭射中小白的肩膀。

小白中箭后，大叫一声倒在地上装死。等管仲走后，小白与鲍叔牙快马加鞭赶回齐国，顺利地当上了齐国的国君。小白就是历史上有名的齐桓公。

当管仲与纠知道小白并没有死，而是回齐国当了国君后，便求得鲁国帮助攻打齐国，想要夺回王位。交战中鲁国大败，纠被杀，管仲也被装入囚车送回齐国。

小白的宠臣鲍叔牙与管仲是非常要好的朋友。后来，在鲍叔牙的保护和多次推荐下，十分爱惜人才的小白就把管仲留在身边任为上卿，尊称"仲父"。

管仲辅佐齐桓公近40年，把一个原来"地舄卤、人民寡"的齐国治理得国富兵强，成为春秋时期的第一霸主。

管仲逝世时，齐国朝野上下悲痛，人们把他安葬在齐国都城临淄城南的牛山上，为他树立了高大的石碑，以纪念他对后世的功德。至圣先师孔子曾赞叹管仲的功绩说：管仲辅佐齐桓公，称霸诸侯，挽救周室，使百姓受惠至到现在。

范蠡

范蠡，字少伯，是我国春秋时期楚国宛地三户邑（今河南淅川县）人。范蠡是春秋末期著名的政治家、谋士和实业家，被后人尊称为"商圣"。

范蠡出身卑寒，在年少时便显露出过人的才华，可惜在当时政治混乱的楚国，他的才华并不为执政者所赏识。当时，强大的吴国与越国连年征战。夫椒之战时，勾践战败，率残兵败将约5000逃入会稽山。时年25岁的范蠡便和好友文种一起投奔了穷途末路的勾践。

范蠡建议勾践先去吴国做三年的奴隶，然后再找机会灭掉吴国。勾践听从了范蠡的建议，并拜范蠡为上大夫。随后，范蠡陪同勾践夫妇在吴国为奴三年。

三年后归国，范蠡与文种拟定了兴越灭吴的九个计划。其中"美人计"是九计划之一。为了找到美人，范蠡亲自跋山涉水，终于在苎萝山浣纱河访到德才貌兼备的西施，然后把西施献给吴王夫差。后来，在西施和范蠡的里应外合下，越国灭掉吴国。

在越国强大后，范蠡便急流勇退，把其在政治上的聪明才智运用在经商上，并大有斩获，成为富可敌国的大富豪。范蠡无论从政、治国、经商都是成功者。

李 斯

李斯是我国历史上著名的政治家、文学家和书法家，被誉为千古一相。

李斯自幼就静思好学，善于思考，有一次他上厕所时发现厕所中的老鼠，一看到人来就惊慌失措地逃窜，便联想到米仓的老鼠看到人来时，不但不逃，而且还大摇大摆地享用粟米！这让他顿悟到环境对个人命运的影响，意识到做"厕中鼠"，或"仓中鼠"，完全取决于自己的选择！

于是，李斯来到当时最强的诸侯国秦国的首都咸阳。在咸阳，李斯很快就得到秦相吕不韦的器重，当上了秦国的小官，有了接近秦王的机会。

一次，李斯对秦王说："凡是想干成事业的人，都必须善于抓住时机。过去秦穆公时虽然秦国很强大，但并未能完成统一大业，原因是当时的时机还不成熟。现在秦国力量强大，大王您又具有贤德，这次如果您消灭六国，就如同扫除灶上的灰尘那样容易。目前是您统一天下的最好时机，千万不能错过啊。"

当时，秦王嬴政正准备统一六国，听了这话甚是欢喜。于是，便重用李斯，并按照李斯提出"先灭韩，以恐他国"的吞并顺序开始了统一六国的征伐战争。李斯以其卓越的政治才能和远见，于公元前221年，辅助秦王完成了统一大业，建立了秦朝。

秦朝建立后，秦王自称始皇帝，李斯被任为丞相。

此后，李斯参与制定了秦朝的法律和完善了秦朝的制度，力排众议主张实行郡县制、废除分封制，提出并且主持了文字、车轨、货币、度量衡的统一。李斯政治主张的实施对我国和世界产生了深远的影响，奠定了中国两千多年政治制度的基本格局。

张 良

张良，字子房，今河南省宝丰县李庄乡古城村人。张良是汉朝开国皇帝高祖刘邦的重要谋臣，与韩信、萧何并列为"汉初三杰"。

张良的先人是韩国人，他的祖父和父亲都是韩国的国相。秦王嬴政灭了韩国后，年轻的张良用全部财产寻求勇士去谋刺秦王，欲为韩国报仇。刺杀计划失败后，张良改名换姓逃到下邳躲藏起来。

张良在下邳时，行侠仗义。有个叫项伯的人，因杀了人，也跟随张良躲藏起来。

十年后，反秦大将刘邦率兵夺取下邳以西的地方，张良便归附了刘邦。

当时，刘邦想用两万人的兵力攻打秦朝峣关的军队，张良劝告说："秦军还很强大，不可轻视。我听说峣关的守将是屠户的儿子，市侩容易以利相诱。希望您暂且留守军营，派人带着贵重的宝物先去利诱峣关的守将。"

刘邦听从了张良的建议。秦军的将领果然背叛秦朝，跟刘邦联合一起向西袭击咸阳，秦王子婴投降了刘邦。

另一位反秦大将项羽率兵来到鸿门下，想要攻打占领咸阳的刘邦。项羽的叔叔项伯为了报答张良的救命之恩，连夜急驰到刘邦的军营，把项羽要攻打刘邦的事告诉张良，想让张良跟他一起走。张良不但没跟项伯走，而且还将情况全都告诉了刘邦，并建议刘邦会见项羽，与项羽和解。

张良虽系文弱之士，从没带兵打过仗，但他却以其出色的智谋，协助汉高祖刘邦在楚汉战争中最终夺得天下，建立了大汉王朝。汉朝建立后，张良被封为留侯，去世后，谥为文成侯。

诸葛亮

诸葛亮，字孔明、号卧龙（也作伏龙），是今山东临沂市沂南县人。诸葛亮是我国三国时期蜀汉丞相，是我国杰出的政治家、军事家、散文家和书法家。

诸葛亮生活的东汉末年，军阀割据，战乱不休，诸葛亮自幼失去双亲，依随叔父诸葛玄生活，十五岁跟随叔父到荆州襄阳去依附荆州牧刘表。诸葛亮看刘表昏庸无能，不是命世之主后，便隐居到襄阳城西二十里的隆中山中。

诸葛亮虽在隆中隐居，但却心怀匡扶天下之大志，密切注意着时局的发展，对天下形势了如指掌。其间，他广交江南名士，自比名相管仲和乐毅，爱唱《梁父吟》。当时襄阳的名士庞德公、庞统、司马徽、黄承彦、石广元、崔州平、徐庶等都和他有交往，他的智谋也得到大家的公认。

后来，在好友徐庶的举荐下，蜀汉开国皇帝刘备三顾草庐，请计于诸葛亮。诸葛亮向刘备精辟地分析了天下的形势，提出了要想统一天下，应走鼎足三分，联孙抗曹的道路。

公元208年，曹操大举南下，败刘备于长阪。诸葛亮出使江东，联结孙权，以隆中路线的坚定原则与孙权谈判，并与孙权订立双边同盟。赤壁战后，孙权履行诺言，将荆州借给刘备。在诸葛亮的辅助下，刘备佐定益州，使蜀与魏、吴成鼎足之势。曹丕代汉为帝后，刘备也称帝，诸葛亮出任丞相，总理国家大事。

诸葛亮在世时被封为武乡侯，死后追谥忠武侯，东晋政权特追封他为武兴王。诸葛亮为匡扶蜀汉政权，呕心沥血，鞠躬尽瘁，死而后已，其尽忠精神在后世受到极大尊崇，成为后世忠臣楷模，智慧化身。

魏 征

魏征，字玄成，今河北邢台市巨鹿县人（又说河北晋州市或河北馆陶市人）。魏征是唐朝政治家，曾任谏议大夫、左光禄大夫，封郑国公，谥文贞，以直谏敢言著称，是中国历史上最负盛名的谏臣。

魏征自幼丧失父母，家境贫寒，但他非常喜爱读书，曾出家当过道士。正因为魏征备经丧乱，仕途坎坷，所以，这些丰富的阅历造就了他的经国治世之才，使得他对社会问题具有敏锐的洞察力。

魏征曾被太子李建成引用为东宫僚属。当时，魏征看到太子与秦王李世民的冲突日益加深，多次劝太子要先发制人，及早动手。

玄武门之变以后，太子李建成被杀，精勤于治的李世民因器重魏征的胆识才能，不但没有怪罪于他，而且还把他任为谏官之职，并经常引入内廷，询问政事得失。魏征喜逢知己之主，竭诚辅佐，知无不言，言无不尽。加之性格耿直，遇事总是据理抗争，从不委曲求全。有一次，唐太宗向魏征问道："什么是明君？什么是昏君？"

魏征回答说："能兼听多位官员的劝谏的君主为明君；听不进去谏言、只听从自己宠幸之臣的君主为昏君。以前秦二世居住深宫，不见大臣，只偏信宦官赵高，直到天下大乱以后，自己还被蒙在鼓里；隋炀帝偏信奸臣虞世基，天下郡县多已失守，自己也不得而知。他们都属于昏君。"唐太宗李世民对这番话深表赞同。

魏征的谏诤涉及面很广，朝廷军国大事的失误是他上谏的主要内容。为了医治隋末战乱的创伤，他规谏太宗要与民休养生息，一改隋炀帝奢靡之风，反对营造宫室台榭和对外穷兵黩武；为了社会的安定，他规谏太宗要废除隋的严刑峻法，代之以宽平的刑律；为了政治清明，他规谏太宗用人要"才行俱兼"，对官吏中的贪赃枉法之徒要严惩不贷。在刑赏问题上，他认为刑赏之本在于劝善惩恶，在王法面前，"贵贱亲疏"一律对待；在君主的思想作风上，他规谏太宗要兼听广纳，认为"兼听则明，偏信则暗"，以防止贵臣壅蔽，下情不得上达。

魏征对朝政失误的批评，对贞观政治纠谬补缺，多所裨益。让太宗感到自己一日也离不开他。太宗曾把魏征比作良匠，把自己比作金子，说金子原在矿石里，它之所以称贵，是由良匠雕刻出来的。史家高度评价魏征说："臣尝阅《魏公故事》，与文皇讨论政术，往复应对，凡数十万言。其匡过弼违，能近取譬，博约连类，皆前代诤臣之不至者。"

赵 普

赵普，字则平，出生于今北京。赵普是北宋初期的杰出政治家，是我国历史上著名的谋士。

赵普15岁随父迁居洛阳，自幼学习吏治，成年后，被聘为永兴军节度使刘词幕僚，后举荐于朝廷，与宋朝开国皇帝赵匡胤同为后周世宗柴荣部下。

周世宗去世后，由周世宗的遗孀辅佐年幼的宗训即位。当时，赵匡胤是护卫皇帝的禁军首领，担任殿前都检点要职。公元960年春，有人传言契丹勾结北汉入侵中原，宰相范质仓促之间派赵匡胤率军北征。

赵匡胤率兵行到开封东北四十里之要道陈桥驿时，跟随他的将士却托故不走了，并将赵匡胤灌醉，然后把杏黄龙袍披到赵匡胤身上。按律披龙袍即谋叛，赵匡胤在既成事实面前，假惺惺地从后周幼主恭帝手里接过禅位书而正式取代恭帝当了皇帝，建立了宋朝。

赵普智谋多，是赵匡胤"黄袍加身"的预谋者、"杯酒释兵权"的导演者。赵普从政50年，曾三度为相，是我国历史上的一代名臣。他所参与制订的重要方针、政策，一直影响着宋朝三百年的统治状况，关系到国运民命的大问题。

刘 基

刘基字伯温，谥曰文成，浙江文成南田（原属青田）人。刘基是我国元末明初杰出的军事谋略家、政治家、文学家和思想家。

刘基出身官僚世家，受家庭熏陶，自幼聪颖过人，十七岁，拜名儒郑复初为师，攻读宋儒周敦颐、二程开创的"濂溪学""洛学"。他看书涉猎很广，经史子集、天文兵法无所不窥，而"尤精象纬之学"。23岁时考中进士，后被任命为江西高安县丞。

在任县丞期间，刘基为官清廉正直，以打击权贵而名重一时。但是，在极端腐败的元末社会中，正直守法之士是很难得到重用的。特别是统治集团为了巩固军事统治，实行民族压迫政策，把社会划分为四个阶层：蒙古人最高贵，色目人第二，汉人第三，南人最下。所谓"南人"

指的是最后被元朝征服的原宋朝统治下的以汉人为主体的各族人民，刘基自然属于"南人"之列。这样，才气横溢的刘基却始终免不了因"南人"的地位在官场上处处受到排挤和打击。激愤之下，刘基辞官隐居，每天纵酒西湖，以抒发心中忧愤。

当时，全国各地的农民起义风起云涌。怀才不遇、落魄而归的刘基，这时才开始冷静考虑自己今后的出路。在刘基看来，在元末群雄中，有雄才大略、能成大业的只朱元璋一人。

势力越来越强大的朱元璋早就仰慕刘基的学识才智，后来便派处州总制孙炎邀刘基出山，于是，时年50岁的刘基怀着勃勃雄心离开青田到达南京。

刘基一到南京，朱元璋马上召见他，向他请教治国良策。刘基立即呈上时务十八策，分析内外形势，向朱元璋详细陈述灭元兴邦的大计方略。朱元璋大喜过望，相见恨晚，马上以上宾礼节招待刘基。

后来，在刘基的辅佐下，朱元璋完成帝业，建立明朝。

刘基通经史、晓天文、精兵法，被后人比作诸葛武侯。朱元璋多次称刘基为："吾之子房也。"在文学史上，刘基与宋濂、高启并称"明初诗文三大家"。中国民间广泛流传着"三分天下诸葛亮，一统江山刘伯温；前朝军师诸葛亮，后朝军师刘伯温"的说法。

刘基以神机妙算、运筹帷幄著称于世，是我国古代的一位传奇人物，至今在国内乃至东南亚、日韩等地仍有广泛深厚的民间影响力。

洪承畴

洪承畴，字彦演，号亨九。是明末叛臣之一，也是清朝定鼎中原的重臣。

洪承畴出身望族，但到了他的曾祖父辈时家道中落。洪承畴童年入溪益馆读书，后因家境贫寒被迫辍学，在家帮母亲做豆干、卖豆干。当时，才子洪启胤在水沟馆办村学，洪承畴叫卖豆干之余，常在学馆外听课，偶尔也帮学生做对子。洪启胤发现洪承畴极有天分且抱负不凡，就免费收洪承畴为徒，于是，洪承畴重返校门。洪承畴学习非常用功，并且喜欢博览群书，从小就表现出治国平天下的愿望，甚得洪启胤赏识。

23岁时，洪承畴赴省参加乡试，为乙卯科中式第十九名举人。次年，赴京会试，连捷登科，为丙辰科殿试二甲第十四名，赐进士出身。

洪承畴文武兼备，谋略过人，是大明不可多得的良才，也是崇祯皇帝的肱股之臣，在松山战败后降清。

洪承畴事清以后，一心系着天下的百姓。在清廷入主中原之后，他佐理机务，招抚江南，经略五省，时间跨度长达16年。他许多建议和举措，对促进清廷迅速完成祖国统一大业起了积极作用，顺乎时代发展。

清·咸丰间，南安水头的举人吕宗健写的《咏洪文襄》一诗有"无奈受恩深覆载，遂甘攘诟救疮痍"之句，指出洪承畴因被皇太极关怀所感动，才下决心蒙受种种非议责难，为救老百姓而降清。伟大的民主革命先行者孙中山先生曾写诗《赞洪文襄》："生灵不涂炭，功高谁不知。"高度评价洪承畴的历史功绩在于使老百姓免受战争苦难。

中国历史上十大才子

摘编 / 南方

全能天才者——苏轼

苏轼，字子瞻，又字和仲，号"东坡居士"。苏轼是北宋著名文学家、书画家、散文家、诗人、词人，他是豪放派词人代表，也是宋代文学最高成就的代表。

在散文上，苏轼强调文学的独创性、表现力和艺术价值，认为作文应达到"如行云流水，初无定质，但常行于所当行，常止于所不可不止。文理自然，姿态横生"的艺术境界；在词作上，他将北宋诗文革新运动的精神，扩大到词的领域，扫除了晚唐五代以来的传统词风，开创了与婉约派并立的豪放派，扩大了词的题材，丰富了词的意境，冲破了诗庄词媚的界限，对词的革新和发展作出了重大贡献；在诗歌上，苏轼为宋诗发展开辟了新的道路；在书法上，苏轼擅长行、楷书，与黄庭坚、米芾、蔡襄并称"宋四家"；在绘画上，苏轼主张画外有情，画要有寄托，提倡"诗画本一律，天工与清新"，并明确提出"士人画"的概念等，为其后"文人画"的发展奠定了理论基础。

在才俊辈出的宋代，苏轼在诗、文、词、书、画、修心、悟道、自然辟谷等许多方面均取得了登峰造极的成就，是中国历史上少有的文学和艺术天才。被后代文人誉为"坡仙""诗神""词圣"等。

不朽诗仙——李白

李白，字太白，号青莲居士，是唐朝浪漫主义诗人，被后人誉为"诗仙"。

李白的诗以抒情为主，其作品天马行空，浪漫奔放，意境奇异，才华横溢；诗句如行云流水，宛若天成。

李白是中国诗歌史上一位旷世奇才，他对中国诗歌的影响是多方面的、深远的，是屈原之后中国最为杰出的浪漫主义诗人，他在诗歌上的艺术成就被认为是中国浪漫主义诗歌的巅峰。

文学巨匠——曹雪芹

曹雪芹是清朝著名文学家、小说家。他最大的贡献在于小说创作。其小说规模宏大，结构严谨，情节复杂，描写生动，他塑造了众多具有典型性格的艺术形象，堪称中国古代长篇小说的高峰，在我国文学发展史上占有十分重要的地位。

除了小说，曹雪芹还是一位诗人和画家。他的诗立意新奇，风格近于唐代诗人李贺。在绘画方面，他喜欢画突兀奇峭的石头，以寄托胸中郁积着的不平之气。

史家绝唱——司马迁

司马迁，字子长，是我国西汉时期伟大的史学家、文学家和思想家，被后人尊为"史圣"。他最大的贡献是创作了中国第一部纪传体通史《史记》。《史记》记载了从上古传说中的黄帝时期，到汉武帝元狩元年长达 3000 多年的历史，对后世的影响极为巨大。

司马迁不光是一位伟大的史学家外，同时也是一位对天文星象有精到造诣的专家。他根据春秋 242 年之间日食三十六、彗星三见等星象，联系天子衰微、诸侯力政、五伯代兴及战国和秦汉之际的社会变乱动荡，总结出天运三十年一小变，一百年一中变，五百年一大变，三大变为一纪，三纪而大备的"大数"，最后才能"天人之际续备"。这是他天文学应用的最重要范例，在整个星学历史上占有最高地位。

诗歌之父——屈原

屈原，名平，字原，是战国末期楚国杰出的政治家和爱国诗人。

屈原是中国文学史上第一位留下姓名的伟大的爱国诗人，被世人誉为"诗歌之父"。他的出现，标志着中国诗歌进入了一个由集体歌唱到个人独唱的新时代。从他开始，中华才有了以文学著名于世的作家。他创立了"楚辞"这种文体（也称"骚体"），被誉为"衣被词人，非一代也"。

书法鼻祖——李斯

李斯是秦始皇的丞相，曾辅助秦始皇统一六国，是中国历史上著名的政治家、文学家和书法家。

秦统一前，因各诸侯国长期割据分裂，形成了语言异声，文字异形的局面。秦始皇一直殷望着有标准的字体来取代以前流行的异体字，得知李斯擅长书法后，秦始皇就把这任务交给李斯。李斯将大篆字体删繁就简，整理出一套笔画简单、形体整齐的文字，叫做秦篆。秦始皇看了这些新书体后，很满意，于是就把它定为标准字体，通令全国使用。李斯的书法"小篆入神，大篆入妙"，被称为书法鼻祖。

李斯在文学上以散文见长。其文章不仅布局谋篇构思严密，而且设喻说理纵横驰骋，既重质实，又饶文采。他写的《谏逐客书》是传诵千古的名篇。

惊神狂人——徐渭

徐渭初字文清，后改字文长，号天池山人、署田水月等。徐渭是明代嘉靖年间著名诗人、文学家、书画家、军事家、戏曲家、民间文学家、美食家和历史学家。

文学方面上，徐渭喜好独创一格，具有强烈的个性，风格豪迈而放逸，而且常常表现出对民间文学的爱好；在戏曲上，徐渭主张"本色"，即戏剧语言应当符合人物的身份，应当使用口语和俗语，以保证人物的真实性，他反对典雅的骈语和过度的修饰；在书法上，徐渭最擅长气势磅礴的狂草；在画作上，徐渭凭借自己特有的才华，成为当时最有成就的写意画大师。

明清两代出现过不少多才多艺的文人。不过像徐渭那样，在诗文、戏剧、书画等各方面都能独树一帜，给当世及后代留下深远影响的，却也颇为难得。

千秋诗圣——杜甫

杜甫，字子美，自号少陵野老，世称"杜工部""杜少陵"等。杜甫是唐代伟大的现实主义诗人，被世人尊为"诗圣"，其诗被称为"诗史"。

杜甫生活在唐朝由盛转衰的历史时期，其诗多涉笔社会动荡、政治黑暗、人民疾苦，反映了当时社会矛盾和人民疾苦，记录了唐代由盛转衰的历史巨变，表达了崇高的儒家仁爱精神和强烈的忧患意识，因而被誉为"诗史"。

东方莎士比亚——汤显祖

汤显祖，字义仍，号海若、若士、清远道人。是中国明代戏曲家、文学家。

汤显祖不仅颇精古文诗词，是一位杰出的诗人，而且能通天文地理、医药卜筮诸书。在他诸多方面的成就中，以戏曲创作为最，其戏剧作品不但为中国历代人民所喜爱，而且已传播到英、日、德、俄等很多国家，被视为世界戏剧艺术的珍品。此外，他的专著《宜黄县戏神清源师庙记》也是中国戏曲史上论述戏剧表演的一篇重要文献，对导演学起了拓荒开路的作用。

汉赋奠基者、辞宗——司马相如

司马相如，字长卿，是西汉盛世汉武帝时期伟大的文学家和杰出的政治家。

司马相如的文学成就主要表现在辞赋上。汉代最重要的文学样式是赋，而司马相如则是公认的汉赋代表作家和赋论大师，同时，他也是一位文学大师和美学大家。司马相如赋才天纵，文思萧散，控引天地，错综古今，旷世莫比。他是汉赋的奠基人，被班固、刘勰称为"辞宗"，被林文轩、王应麟、王世贞等学者称为"赋圣"。鲁迅在《汉文学史纲要》中将司马相如和司马迁放在一起作专节介绍，并指出："武帝时文人，赋莫若司马相如，文莫若司马迁。"

另外，司马相如还是汉代很有成就的散文名家。两千多年来，司马相如在中国文学史上一直享有崇高的声望。

春秋战国智慧故事典故

摘编 / 李畈

1. 抱柱之信

出自《庄子·盗跖》。尾生与自己心爱的女子相约于河桥之下，女子一直到河水涨潮时都没有来，而尾生则宁愿抱梁柱而死都不愿失约。尾生忠于爱情，信守约誓，但头脑僵化，不知变故，故抱柱而死。后以此为坚守信约的典故，特别多用于男女间的爱情信誓方面。

2. 表里山河

出自《左传·僖公二十八年》。春秋时，晋楚决战之前，晋文公的谋臣，也是晋文公的舅舅子犯劝文公参加决战，他认为即使仗打败了，凭太行山和黄河之险，也可固守无虞。原话为："战也。战而捷，必得诸侯；若其不捷，表里山河（指晋国外黄河而内太行山，地理形势使国防极为稳固），必无害也。"后世常用"表里山河"说明地理国防之固。

3. 甘拜下风

出自《左传·僖公十五年》。在秦晋韩原之战中，晋军大败，晋惠公被秦兵所俘获，晋大夫头发蓬乱下垂地随行。秦穆公劝说道："二三子何其担忧也！寡人准备请晋君去我秦国，岂敢太过分呢（这是表面上安慰晋国大夫等人的话）？"晋大夫于是三拜稽首道："君履后土而戴皇天，皇天后土实闻君之言，群臣敢在下风。"

实际上晋大夫这番话，是与秦穆公约誓，希望他说了话要算数。"下风"的意思就是你的诺言不仅天地共鉴，我们在下这些做臣子的也都听见了，希望你不要食言。

"拜下风"原是谦恭卑怯的举止，后逐渐又演化成"甘拜下风"的成语，用为甘居下列的自谦词。

4. 背城借一

出自《左传·成公二年》。公元前589年，晋、鲁、卫三国的联军击败齐军后，齐顷公派大臣宾媚人（即国佐，曾主持齐国之政）带上贿赂去见晋军主帅却克，当晋方提出屈辱齐国的苛刻条件时，宾媚人本着维护齐国尊严，坚决地加以拒绝，并准备决一死战（原话中为背城借一）。鲁、卫两军主将，都劝告却克与齐停战求和，晋终于放弃了继续进攻的主张，签订了盟约，齐国得以转危为安。后来以"背城借一"表示誓与敌人决一死战。

5. 班荆道故

出自《左传·襄公二十六年》。春秋时，楚国伍子胥的祖父伍举与蔡水师子朝（文公之子，公子朝）的儿子公孙归生是好朋友。后来，伍举岳父王子牟（即申公）因犯罪逃亡后，楚人皆言："王子牟逃亡实为伍举护送之。"于是伍举也因受牵连而逃奔到郑国，然后准备到晋国去。恰在这时，公孙归生也将要去晋国，二人在郑国郊国相遇。他们"班荆（扯草铺地）相与食（坐在上面，一面吃东西），而言复故（一面攀谈返回楚国的事情）。后以"班荆道故"指朋友在途中邂逅相逢共话旧情。

6. 苌弘化碧

出自《庄子外物》。苌弘是春秋时周敬王的大臣刘文公所属的大夫。刘氏与晋范氏世代通婚姻，在晋卿内讧中，苌弘曾帮助过范氏，在范氏失势的时候，他的死对头晋卿赵鞅为此声讨他。晋君怪怨周敬王，周敬王怕得罪晋君，便把苌弘杀死。苌弘死于蜀（今四川），蜀人感之，以柜盛放其血，三年而化为碧玉，及精诚之至也。当然化碧之说为后人的演义。后来常以"苌弘化碧"来比喻忠贞之人含冤而死；或指为国献身，忠烈精神长存。

7. 刺股

出自《战国策·秦策一》。

苏秦游说秦王，上书多次，秦王没有采纳他的主张。苏秦回到家中，父母妻嫂都不理睬他。他伤感之余，刻苦自励，夜以继日的努力攻读。夜里读书至困欲睡时，就用锥子刺扎大腿，以便清醒起来，继续学习。这种勤苦自强的精神，历来被人称颂，成为旧时劝学的典型事例。后世常以"刺股"用为勤苦读书、奋发自强的典故。

8. 操刀伤锦

出自《左传·襄公三十一年》。春秋时，郑国大夫子皮想让自己的一个小臣尹何担任私有领地的邑大夫官职。当时的国相郑子产是他晚年举荐而执政的，子皮认为提拔尹何，子产不会反对。令他没想到的是，郑子产不但反对，还委婉地把他给"教育"了一通。郑子产主张"学而后入政"，说这样才不至于把事情办坏，才是用人稳妥的办法；如果"以政学者"，那就是拿"政"去开玩笑，这是对"政"的不负责任，这将给"政"造成危害。为了说明这个道理，子产以"未能操刀而使割""美锦不使人学制"作比，阐明不可本末倒置。后人把"操刀""伤锦"合二为一，用来比喻才薄力单，难以胜任。

9. 楚幕有乌

出自《左传·庄公二十八年》。楚伐郑，郑国得到其他诸侯国家的援救，迫使楚军连夜撤退。楚军为了防止郑军及诸侯国援军的援救，军队于夜间悄悄撤走，却留下空空的营幕作为掩护。军幕空虚，第二天，一些乌鸦栖止在上面，郑国人由此判断出楚军营内的虚实，知道楚军已撤走。后来这个典故，常指败退或军事力量的空虚。

10. 丁公凿井

出自《吕氏春秋·察传》。春秋战国时宋国一个姓丁的人因为家中无井，于是，就在自家院中打了一口井。他觉得这样一来，洗涤和取水就不需要专用一个人了，等于说是得到了一个人的帮助。有人听到这话后就把它传讹了，说丁家打井得到了一个人。后来就以此比喻以讹传讹，或主观主义凭空解释，把事情搞得颠倒悖谬。

11. 大义灭亲

出自《左传·隐公四年》。春秋时，卫国大臣石碏之子石厚，与公子州吁共谋杀君篡位。石厚为了安定国内人心，去求计于自己的父亲。石蜡因而设计，借陈桓公的帮助，乘他们到陈国之机，逮捕了州吁和石厚。卫国派人到濮杀死了州吁，石蜡则派家臣到陈杀死了石厚。《左传》因此称赞道："君子曰：'石蜡，纯臣也。恶州吁而厚与（同与，就是一同处死的意思）焉，大义灭亲其是之谓乎！'""大义灭亲"原指为君臣大义而灭父子私情，后用以泛指维护正义而不徇私情。

12. 东施效颦

出自《庄子·天运》。越国有一个绝色美女名叫西施。她长得非常漂亮，无论怎样打扮，一举一动都是美丽动人的。西施有个心口疼的毛病，犯病的时候，总是用手按着胸口，皱紧眉头。有一天，她在村中的道路上行走，突然，胸口疼痛起来，疼得她紧皱眉头，便不知不觉地用手按着胸口处，咧着嘴似笑非笑的。正巧，迎面走来一位叫东施的丑姑娘。东施看见西施皱着眉头，用手捂着胸口在笑，觉得样子十分好看。于是，就照样模仿起来。东施本来没有胸口疼的毛病，却也用手按住胸口咧嘴笑，把眉头也照样紧皱起来，自以为这样就美丽了。村民们看到她一反常态的样子，莫名其妙地多看了她两眼，丑姑娘东施却以为人家喜欢上她了，于是她更加紧皱眉头咧开大嘴强笑，这一下，把别人都给吓跑了。后以"东施效颦"来比喻"丑拙"盲目机械地效仿"美巧"，结果适得其反，闹出笑柄。

13. 呆若木鸡

出《庄子·达生》。战国时，斗鸡是贵族们寻欢作乐的一项活动，齐王便是当时的一位斗鸡迷。为了能在斗鸡场上取胜，齐王特地请专家纪渻子帮他训鸡。齐王求胜心切，没过几天，便派人来催问，纪渻子说："鸡没训好，它一见对手，就跃跃欲试，沉不住气。"过了几天，齐王又派人来问，纪渚子说："还不到火候，看样子鸡虽不乱动了，但还不够沉稳。"又过了几天，齐王再派人问时，纪渚子终于对来人说："请你告诉齐王，我花工夫把鸡训好了。"待到斗鸡时，对手的鸡又叫又跳，而纪渚子训好的鸡却像只木鸡，一点反应也没有，别的鸡看到它那副呆样竟然都被吓跑了。因此，齐王用这只鸡和别人斗，自然场场获胜。庄子用这个故事，原意是为了说明有些事情不必禀承天生自然之理，经过人为的训练，也能积习成性，达到改造"物"的目的。但是传到了后世，却用"呆若木鸡"来形容人因恐惧或惊讶而发愣的神态，则全用为贬义。

14. 盗憎主人

出自《左传·成公十五年》。春秋时，晋伯宗（晋大夫孙伯纠之子）为人正直，在朝常直言不讳，妻子常劝他说："盗憎主人，民恶其上，好直言，必及于难。"后来伯宗果然因为结怨过多而被杀。"盗憎主人"是说盗贼憎恨被他盗窃、抢劫的主人，后来就比喻坏人怨恨正直的人，无道恨有道，恶恨善，丑恨美，坏人恨好人。

15. 得鱼忘筌

出自《庄子·外物》。庄子说："筌（就是一种捕鱼的竹器）所以能捕到鱼，得鱼而忘筌；蹄（捕兔的器具）所以能捕到兔，得兔而忘蹄；言者（指语言，言词）所以在意（要表达的意思、事理），得意而忘言。吾安得夫忘言之人而与人言哉（深悟其道、专心致意却并不侈于言辞的人，其实难得，故庄子希望能找到这样的人和他交谈）！"

庄子在这里以"得鱼忘筌""得兔忘蹄"为比喻，目的在于比照说

脑电波危机

明"得意忘言"的道理。后世用"得鱼忘筌"却改变了原来的本意，一般都是在消极的意义上，比喻办事情一旦达到了目的，便把赖以达到目的的手段忘掉或抛弃。

16. 高枕无忧

出自《战国策·齐策》。冯谖曰："狡兔有三窟，仅得免其死耳。今君有一窟，未得高枕而卧也，请为君复凿二窟。"冯谖是投奔田文的一个门客，在没有任何功劳的情况下，再三向田文提出丰厚的待遇，田文都满足了他。他后来担任了替田文向农民收租的任务，但是他却将所有的契约烧掉，免去了农民的负担，为田文在国民中赢得了好的名声。后来在田文受到齐王怀疑的时候，田文封地的民众争相迎接。

而在这个时候冯谖说了这样一句话："狡兔有三窟，仅得免其死耳。今君有一窟，未得高枕而卧也，请为君复凿二窟。"冯谖通过让梁国重金聘用田文，而使齐王害怕田文为梁国服务使其国家强大，就命请田文为齐国相。于是田文在其后的十年间都在齐国为相。

17. 利令智昏

出自《史记·平原君虞卿列传》。司马迁在文末的评述中说："鄙谚曰：'利令智昏。'平原君负冯亭邪说，使赵陷长平四十余万众，邯郸几亡。"

长平一战之前，秦攻打韩，韩国的一部分土地与韩国本土失去了联系，这一块地就是上党地区，韩国便把它割让给秦国，以求苟且。但是上党的军民痛恨秦国，他们在郡守冯亭的带领下要求向赵投降。

在赵国内部，关于是否接受冯亭的投降起了争议，一部分人认为，接受投降，必然引起秦国的恼怒，到时候，秦必定大举来攻打，这是赵国不愿意看到的。以平原君赵胜为首的一部分人则主张，上党地区是咽喉要地，且不费一兵一卒就可以得到，何乐而不为。

赵国最终接受了上党的投降，并由此引发了战国史上有名的"长平之战"，导致赵国很快走向衰亡。

古今历史人物精彩评论

摘编 / 夏泉

李白

你，从页页诗篇走来，酒入豪肠，三分剑气，七分月光；你，向历史深处走去，秀口一吐，半个盛唐。仙骨豪情，傲岸不屈，风情万种，仗笔独行。你轻舟一解，整条长江就诗意奔腾；你亮丽的文字，刺痛了一双双习惯黑暗的眼睛。

屈原

世人皆醉，惟你独醒。尘世昏暗，万马齐暗，而君秉持高洁，疏离邪恶，壮志可与日月争光。于是，孤独成为一种伟大的情感；于是，死亡成为一种惟美的跨越。自你归去，汨罗江畔的墨香和正气升腾了千年。

谭嗣同

亘古不磨，片石苍茫立天地；一峦挺秀，群山奔赴若波涛。一百年前，这个为中华民族的振兴奔走呼号的英雄，以青春的挥洒，倔强地挺起民族的脊梁。死何所惧？就在刀锋接近头颅的那一刹那，他已将生命置换成永恒。一种精神执着地闪烁在历史的天空，灿若星辰。

司马迁

纵观中国历史，不惮于死的文人自古有之，然而为了理想而忍受尘世摧残的英雄却少有。司马迁是疏星中最耀眼的一颗。他以肉身的残缺修得了精神与著作的双重圆满，他通古今之变，成一家之言，凭着一个文人的良心写下一部伟大的书，上自黄帝，下至汉武，包罗历史的傲慢与偏见、光荣和梦想，并从此领跑着中国文化。

孙膑

围魏救赵、田忌赛马，我们从成语中读你；身残志锐、胸罗兵甲，我们从历史中读你。你是一首无声的歌，流传千年仍气镇风云；你是一部无字的书，演绎着关于智慧的不老传说。

项羽

滚滚乌江东逝，汇成一段历史。公元前202年，一头雄狮在这里倒下，汉王朝从此抬起骄傲的脚步，一路奔跑。人杰鬼雄，英名千秋难慰一腔热血；拔山盖世，壮歌一曲尽抒万丈悲情。昔日霸王，英雄气未敛，本该东山再起，何言无面？

诸葛亮

丞相祠堂仍在，隆中旧梦已远。为酬三顾，先生在历史舞台闪亮登场。空城观景，胸藏精兵百万；轻摇羽扇，已成天下三分。然出师未捷身先死，孤忠一片，可叹蜀道寒云。江流石转，千古成败付诸笑谈，先生之名如不坠的孔明灯，永照汗青。

司马光

砸碎的水缸走出一个重生的生命，也涌出了中国古代政治和史学的一股新泉。司马光一生笃诚好学，以俭为德，清直仁厚，死后"家家挂象，饭食必祝"。所著长篇巨制《资治通鉴》，文字优美，格调古雅，自成一体，为"天地间必不可无之书，亦学者必不可不读之书"。

鲁迅

一支笔划开万丈天幕，长夜无明的旧中国透射出点点星光。你弃医从文，把边缘人群唤醒；你以笔代刀，令魔鬼无处躲藏。声声祝福，声声呐喊，你正义的声音穿越百年时空仍然鼓舞人心，余音绕梁。若干岁月过去了，你的作品没有化为烟埃，并且无疑将长久不熄，普照文学和思想的殿堂。

秦始皇

天下六合铸就大秦瑞气，巨星陨落化为一声叹息。你长袖一挥，胡人不敢南下牧马，士不敢弯弓报怨；你诀世一去，良将劲弩不见当初豪气，金城千里尽失昔日威严。万世霸业，竟从内里崩溃，千古功过，任由世人评说。

成吉思汗

中国历史上，有这样一位叱咤风云的人物：他戎马倥偬，征战一生，一把弯弓缔造蒙古汗国，不下马背纵横欧亚诸国；有人说他是东方战神，有人说他是千年风云第一人；西方崇拜他的人赞美他是"全人类的帝王"，毛泽东称他为"一代天骄"；这个打破东西方壁垒、书写中国最大版图的巨人，就是史籍上被尊称为元太祖的成吉思汗。

曹操

三国群雄，首推曹操。文不如曹植，武不如吕布，谋不如孔明，工不如满宠……可是又有谁可以超过曹操？超过这位三国第一人？原因何在？"吾任天下之智力"，曹操如是说。吾无才，天下之才皆我之才，凭着超凡的政治才能，曹操在三国舞台长袖善舞，独领风骚。

孔子

他用最锐利的智慧开启了那一道道尘封的门，阳光从那错开的门缝间挤出来，于是门外面铺满黄金；他用最朴实的教诲铸造了一把坚韧的利斧，劈成了一道道深深的印痕，它留下的不是疼痛，而是刻骨铭心！于是，子子孙孙有了一条光明的大道。

脑电波危机

庄子

九万里的情怀荡漾于三千濮水之上。赤子之心归于自然，终成南华经。曳尾涂中，逍遥一游于尘世，哲学的巅峰便已铸就。他有蛇的冷酷犀利，更有鸽子的温柔宽仁。踌躇满志却又似是而非，螳臂当车却又游刃有余。充满血泪的怪诞与孤傲，让后人仰视。

王羲之

狼毫一挥，生命随即舞动，砚纸是他的舞台，满载生命的厚重，楷如泰山稳立，行如清冽之风，草如龙凤舞动，国人懂得了什么是书法，世界知道了什么是博大。兰亭不再，《兰亭集序》却依然迎着历史的大风舞蹈。

陶渊明

他捧着一把菊花走来，带来一阵天人合一的哲学清香。背离庙堂之高，他选择江湖之远，选择了自然的恬适和舒畅。向往"采菊东篱下，悠然见南山"的闲适，他追求"阡陌交通，落英缤纷"的理想。他绽放了发自内心的那份自然，并且馨香久远。

武则天

一朵深宫玫瑰偏偏铿锵有力提起脊梁，一双娇弱素手击碎了男人政治的法则。于是，中国的历史因你的出现而折道绕行。三从四德禁锢不住你的步伐，你默默地演绎着属于你的繁华。

李时珍

一介农夫，竟神奇地指出医书典籍中错误。不忍乡亲病痛，便发誓编著一部医书。怀揣着执着上路，走进大山，风雨兼程，亲尝百种药草，挥就一部影响世界的不朽医典。而他的名字，也同《本草纲目》一起，刻入历史的记忆中。

王昭君

你海棠般娇羞的容颜，你菊花般孤高的风骨，你柳絮般飘飞的思念，你桃花般红消香断的泪痕，都在茫茫大漠中消隐。你的聪慧，痴迷着汉赋唐诗的韵律，怎能不如履薄冰？你的深刻，承受着岁月无痕的忧伤，怎能不形销骨立？你默默地随清风而去，为了那永世的安宁；你的英姿，是大漠上最美的剪影。

俞伯牙、钟子期

双手，木琴，一段旋律；高山，流水，一世传奇。艰难地跋涉于七弦之上，十指轻敲心灵之门，生命因之共鸣。即使远隔千里，即使天上人间，他们人生原始的画卷里都巍峨着山，清澈着水，飞舞着知己的音韵。

陶行知

"一生清贫，两袖清风"是他一生的写照："捧出一颗心来，不带半根草去。""千教万教教人求真，千学万学学做真人。"是他毕生的信念和追求，也成为了后来千千万万的教师无怨无悔的不竭动力。他开创了中国平民教育的先河，堪称平民教育第一人。他把一生都献给了教育事业，鞠躬尽瘁，死而后已。短暂人生虽仅五十五载，却赢得了"万世师表"的美誉。他就是伟大的人民教育家陶行知先生。

中国"四大"

摘编 / 吴韧

★ 江南四大才子：唐伯虎、文征明、祝枝山、徐祯卿；

★ 四大才女：蔡文姬、班昭、卓文君、李清照；

★ 四大名著：《三国演义》《西游记》《水浒传》《红楼梦》；

★ 四大美女：西施、王昭君、杨玉环、貂婵；沉鱼落燕，闭月羞花；

★ 四大悲剧：关汉卿的《窦娥冤》、马致远的《汉宫秋》、白朴的《梧桐雨》、纪君祥的《赵氏孤儿》；

★ 清宫四大奇案：《太后下嫁》《雍正被刺》《顺治出家》《狸猫换太子》；

★ 四大民间传说：《梁山伯与祝英台》《白蛇传》《牛郎与织女》《孟姜女》；

★ 四大佛教名山：山西五台山（文殊菩萨道场）、四川峨嵋山（普贤菩萨道场）、浙江普陀山（观音菩萨道场）、安徽九华山（地藏菩萨道场）；

★ 四大名园：颐和园、承德避暑山庄、苏州拙政园、苏州留园；

★ 四大名旦：梅兰芳、程砚秋、尚小云、荀慧生；

★ 四大名楼：岳阳楼、腾王阁、黄鹤楼、蓬莱阁；

★ 农业科技：四大发明：罗盘、指南针、火药、印刷术；

★ 农业指南：《齐民要术》《农桑辑要》《农书》《农政全书》；

★ 四大古都：西安、洛阳、北京、南京；

★ 四大古镇：广东佛山、江西景德镇、湖北汉口、河南朱仙镇；

★ 四大菜系：鲁菜、川菜、苏菜、粤菜；

★ 四大美食：鱼翅、燕窝、海参、鲍；

★ 四大名吃：南京夫子庙小吃、上海城隍庙小吃、苏州玄妙观小吃、长沙火宫殿小吃；

★ 四大名酒：茅台、汾酒、泸州老窖特曲酒、西凤酒；

★ 四大传统节日：春节、中秋节、端午节、清明节；

★ 四大剧种：京剧、黄梅戏、粤剧、豫剧；

★ 四大名剧：《西厢记》《牡丹亭》《长生殿》《桃花扇》；

★ 民国四大家族：蒋介石、宋子文、孔祥熙、陈立夫陈果夫；

★ 四大经典玩具：七巧板、九连环、华容道、孔明锁；

★ 四大名山：黄山（绝）、华山（险）、庐山（名）、泰山（文）；

★ 四大名刹：四川成都灵岩寺、当阳玉泉寺、南京栖霞寺、天台国清寺；

★ 四大书院：河南中州嵩阳书院、河南商丘睢阳书院、湖南岳麓书院、江西白鹿书院；

★ 四大书法字体：篆书、隶书、楷书、行书；

★ 四大名锦：蜀锦、云锦、宋锦、壮锦；

★ 四大名绣：苏绣、湘绣、蜀绣、粤绣；

★ 四大奇观：云南石林、吉林雾凇、桂林山水、长江三峡；

★ 四大淡水湖：洞庭湖、鄱阳湖、太湖、洪泽湖；

★ 四大古城：四川阆中、云南丽江、山西平岳、安徽歙县；

★ 四大名亭：醉翁亭、陶然亭、爱晚亭、湖心亭；

★ 四大名塔：嵩岳寺塔、释枷塔、千寻塔、飞虹塔；

★ 四大名兽：龙、凤、麟、龟；

★ 四大南药：槟榔、益智、砂仁、巴戟；

★ 四大"火炉"：武汉、南京、重庆、南昌；

★ 中国四大别称：神州、九州、华夏、中原。

中国十大古曲

摘编 / 李文美

1.《高山流水》

《列子·汤问》记载：伯雅善弹琴，钟子期善听琴。一次，伯牙弹了一首高山屹立、气势雄伟的乐曲，钟子期赞赏地说："巍巍乎志在高山。"伯牙又弹了一首惊涛骇浪、汹涌澎湃的曲子，钟子期又说："洋洋乎志在流水。"钟子期能深刻地领会伯牙所弹奏乐曲《高山流水》的内涵。从此，他们两人结成了知音，被传为千古佳话。

据文献记载，《高山流水》原为一曲，自唐代以后，《高山》与《流水》分为两首独立的琴曲。其中《流水》一曲，在近代得到更多的发展，曲谱初见于明代《神奇秘谱》（朱权成书于 1425 年）。管平湖先生演奏的《流水》曾被录入美国太空探测器的金唱片，于 1977 年 8 月 22 日发射到太空，向茫茫宇宙寻找新的"知音"。

2.《广陵散》

《广陵散》又名《广陵止息》，是我国古代的一首大型器乐作品，为汉魏时期相和楚调但曲之一。嵇康因反对司马氏专政而遭杀害，临刑前曾从容弹奏此曲以寄托。据《神奇秘谱》载录，此曲原是东汉末年流行于广陵地区（即今安徽寿县境内）的民间乐曲，曾用琴、筝、笙、筑等乐器演奏，现仅存古琴曲。

《神奇秘谱》所载《广陵散》，分开指小序、大序、正声、乱声、后序共45段。乐曲定弦特别，第二弦与第一弦同音，使低音旋律同时可在这两条弦上奏出，取得强烈的音响效果。此曲之所以能跻身十大古曲之一，还得部分归功于嵇康。魏末著名琴家嵇康因反对司马氏的专政而惨遭杀害，在临行前嵇康从容弹奏此曲以为寄托，弹奏完毕他叹息道，《广陵散》今天成为绝响。之后《广陵散》名声大振，人们在理解这首乐曲时又多了一层意义，它蕴涵了一种蔑视权贵、愤恨不平的情绪。

3.《平沙落雁》

《平沙落雁》是一首展景抒怀的琴曲，又名《雁落平沙》《平沙》，作者传有唐代陈子昂、宋代毛逊、明代朱权等，众说不一。曲谱最早载于1634年（明末崇祯七年）刊印的藩王朱常涝纂集《古音正宗》。此曲原为四段，在流传的过程中发展成六段、七段、八段等不一。

全曲以水墨画般的笔触，淡远而苍劲地勾勒出大自然寥廓壮丽的秋江景色，表现清浅的沙流，云程万里，天际群雁飞鸣起落的声情。曲意爽朗，乐思开阔，给人以肃穆而又富于生机之感，借鸿雁之高飞远翔，抒发和寄托人们的胸臆，体现了古代人民对祖国美丽风光的歌颂与热爱。

4.《梅花三弄》

古琴曲《梅花三弄》又名《梅花引》《梅花曲》《玉妃引》，是中国古典乐曲中表现梅花的佳作，早在唐代就在民间广为流传。全曲表现了梅花洁白芳香、凌霜傲雪的高尚品性，是一首充满中国古代士大夫情趣的琴曲。《枯木禅琴谱》说："曲音清幽，音节舒畅，一种孤高现于指下；

似有寒香沁入肺腑，须从容联络，方得其旨。"

晋隋以来有此笛曲，为东晋大将桓伊所作。后经唐代琴家颜师古改编为琴曲，流传至今。梅花傲霜高洁的品格，是古今艺术创作的重要题材，常为人们用以隐喻具有高尚节操的人。明杨抡《伯牙心法》记载："梅为花之最清，琴为声之最清，以最清之声写最清之物，宜其有凌霜音韵也。三弄之意，则取泛音三段，同弦异徽云尔。"琴曲中采用完整重复三段泛音写法不多见，"故有处处三叠阳关，夜夜梅花三弄之消。"（《律话》）

5.《十面埋伏》

《十面埋伏》是一首著名的大型琵琶曲，堪称曲中经典。乐曲内容的壮丽辉煌，风格的雄伟奇特，在古典音乐中是罕见的。此曲最早见于1818年出版的华秋萍编的《琵琶谱》，1895年出版的李芳园编订的《南北派十三套大曲琵琶新谱》中将它改名为《淮阴平楚》。

乐曲是根据公元前202年楚、汉两军在垓下（今安徽省灵壁县东南）进行决战时，汉军设下十面埋伏的阵法，从而彻底击败楚军，迫使项羽自刎乌江这一历史事实加以集中概括谱写而成。垓下决战是我国历史上一次有名的战役。琵琶曲《十面埋伏》出色地运用音乐手段表现了这场古代战争的激烈战况，向世人展现了一幅生动感人的古战场画面。

6.《夕阳箫鼓》

这是一首抒情写意的文曲，旋律优美流畅，在演奏中运用了各种琵琶技法。在曲式上，用扩展、收缩、局部增减和高低音区的变换等手法展开全曲。此曲流传甚广，是琵琶古曲中的代表作品之一。乐谱最早于1875年的抄本。1925年前后，上海大同乐社根据此曲改编成丝竹乐曲《春江花月夜》，它犹如一幅长卷画面，把丰姿多彩的情景联合在一起，通过动与静、远与近、情与景的结合，使整个乐曲富有层次，高潮突出，音乐所表达的诗情画意引人入胜。

7.《渔樵问答》

《渔樵问答》是一首流传了几百年的古琴名曲，反映的是一种隐逸之士对渔樵生活的向往，希望摆脱俗尘凡事的羁绊。音乐形象生动，精确。乐曲通过渔樵在青山绿水间自得其乐的情趣，表达出对追逐名利者的鄙弃。

8.《胡笳十八拍》

古琴曲《胡笳十八拍》是根据汉代以来流传的同名叙事诗而创作的琴曲，是我国音乐史上一首杰出的古典名曲。原诗作者一说为蔡文姬，但《后汉书·蔡琰传》中未见记载，故难以定论。其音乐为唐人传谱。

全曲共十八段，运用宫、徵、羽三种调式，音乐的对比与发展层次分明，分两大层次，前十来拍主要倾述作者身在胡地时对故乡的思恋；后一层次则抒发出作者惜别稚子的隐痛与悲怨。乐曲以十分感人的乐调诉说了蔡琰一生的悲惨遭遇，反映了战乱给人民带来的深重灾难，抒写了主人公对祖国、对故土的深沉思念及骨肉离别的痛苦感情。被郭沫若称为"是一首自屈原《离骚》以来最值得欣赏的长篇抒情诗"。

9.《汉宫秋月》

中国传统音乐中，同名异曲、异曲同名的现象很多，乐曲各个版本的历史渊源与流变往往需要艰苦的考证。比如，《汉宫秋月》就有琵琶曲、二胡曲、古筝曲、江南丝竹等不同版本。

此曲由一种乐器曲谱演变成不同谱本，且运用各自的艺术手段再创造，以塑造不同的音乐形象，这是民间器乐在流传中常见的情况。乐曲表现了古代宫女哀怨悲愁的情绪及一种无可奈何、寂寥清冷的生命意境。

10.《阳春白雪》

《阳春白雪》原是春秋战国时期楚国的两首高深的歌曲名，即《阳春》和《白雪》，是由楚国著名歌舞家莫愁女（姓庐，名莫愁。郢州石城，今湖北钟祥人）在屈原、宋玉的帮助下传唱开来的，至今已有两千多年的历史。

现存琴谱中的《阳春》和《白雪》是两首器乐曲，相传这是春秋时期晋国的师旷或齐国的刘涓子所作，乐曲产生的年代没有确切的史料可以说明。唐代显庆二年（657年）音乐家吕才曾依琴中旧曲配以歌词。《神奇秘谱》在解题中说："《阳春》取万物知春，和风淡荡之意；《白雪》取凛然清洁，雪竹琳琅之音。"后来泛指高深的、不通俗的文学艺术。

曹丕为什么著《典论》

摘编 / 乐成

　　东汉末年，在群雄逐鹿中原的征战兼并中，魏王曹操完成了统一北方的大业，并吸引了大批文士，形成了以曹氏父子为核心的文人集团。

　　曹丕是曹操的次子，从小在军营中长大，跟着父亲南征北战，8 岁就已经能够提笔为文和骑马射箭了，并且在身为政治家、军事家、文学家的父亲曹操影响下，曹丕对诸子百家、古今经传都有较深的学习研究。

　　本来，曹操的长子曹昂早死军中，按规矩应立次子曹丕为世子。但是，曹操是一个很重视人才的人，虽为曹操的儿子，如果没有才华的话，是得不到曹操赏识的，更别指望被立为世子了。

　　曹操的几个儿子，个个都才华非凡，比如三子曹彰擅长带兵，四子曹植在文学上表现非凡。而曹丕在众兄弟中，才华并不是最出众的一个，所以，曹操在立谁为世子这个问题上，一直犹豫不决。曹操打心底里喜欢才华出众的曹植，为了试验曹植是否真有才华，他曾多次考验曹植，而曹植没有一次让他失望过。为此，曹操打算将曹植立为世子。

　　然而这事遭到曹操手下不少官员的强烈反对："自古以来，王位理应传给长子，若传给次子的话将会引起混乱不安。"曹操就暂时把这事搁了下来。

　　曹操想确立世子的消息传出以后，许多官员都认为曹植和曹彰的机

会比较大，于是纷纷投靠到曹植和曹彰门下。

作为理应接世子位的曹丕，当然于心不甘，当他听说父亲有立弟弟曹植为世子的想法之后，他便想尽办法要在父王面前表现自己。为了获得父亲曹操的重视，有一天曹丕跑到父亲面前痛哭流涕。

曹操就问："别人都在为争夺世子位置进行准备，你不去准备，为何跑到我这里哭泣啊？"

曹丕说："父王，我对世子的位置不像他们那么感兴趣，而是为了您和国家感到难过啊！"

曹操问："这话怎么说？"

曹丕说："父王要立世子，说明父王年龄大了，身体越来越不好了，在为自己以后的事做准备了。可是父王不在了以后，我们这个国家靠谁来治理哩？谁又能担负起这么大重担啊？"

曹丕一席话说得曹操老泪纵横，曹操认为在这个关健的时刻，别的儿子都在为接他班而争得你死我活，曹丕却能想到他的身体，想到他离开人世后这个国家如何治理，由此可见曹丕不但有孝心，而且有政治远见。从此，曹操开始重视曹丕了。

有一次，曹操带领大军出征，他的几个儿子都前来送行。曹植首先来到曹操的马前说："父王就要外出征战了，儿子不能伴随左右，为了预祝父王凯旋而归，我特意作了一首诗。"

接着，曹植当着大家的面给父亲吟诵了一首他新作的诗。众人听完齐声喝彩，曹操听了也很高兴，夸奖曹植诗作得好。曹彰哩，则早已披盔上甲，上前请求和曹操一起外出征战，一副誓死追随父亲的样子。大家便又纷纷称赞曹彰忠勇的精神。

就在大家忙着称赞曹植和曹彰的时候，忽然传来一阵悲怆的哭声，大家扭头一看，原来是曹丕。曹操心里非常不高兴，心想：我这刚要出征，你却在这里哭，真是不吉利！于是就让人将曹丕叫来生气地质问他哭什么。

　　曹丕过来后，泪流满面地说："父王就要出征了，这一去少则三五月，多则一年。父王不在时，谁来教诲我们啊？而且今后很长时间不能和父王共享天伦之乐，因此很是伤心。"

　　曹操一听，不禁被儿子的孝心感动了，于是百感交集，也忍不住流下了眼泪。

通过这几件事，曹操觉得曹植虽有才华，但不及曹丕宽厚仁慈，再加上一些官员在曹操面前替曹丕说好话，因此，曹操就有立曹丕为世子的想法了。公元217年，也就是建安二十二年十月，曹操发布命令，立曹丕为魏王世子。

虽然曹丕在文学上也具有相当的成就，曾经写下了《燕歌行》等优秀七言诗，但是，比起弟弟曹植来，无论是才气还是名气，都差了很多。所以，在他被立为世子之后，他决定弄些文学性的东西来证明自己的才华。

其实在曹丕被立为世子之前，他就参与了文坛事务。他深知建安以前，文学受经学的束缚，少有独立的地位。此时盛极一时的汉赋，竟被西汉著名学者扬雄斥之为"童子雕虫篆刻"。为此，曹丕曾号召作家要以古代圣贤"不以隐约而弗务，不以康乐而加思"为榜样，努力改变"贫贱则慑于饥寒，富贵则流于逸乐"的精神状态，培养自己具有一种超功利的审美心态。所以，在曹丕被立为世子后，为了把握全国文学发展的方向，他开始精心撰写学术著作，并将他的著作取名为《典论》。

《典论》共有五卷二十篇。所谓"典"，有"常"或"法"的意思。《典论》主要是指讨论各种事物的法则，在当时被视为规范文人言行的法典。《典论》篇目都是以二字命题的，如《奸谗》《内诫》《酒诲》《自叙》《论文》等。这是两汉以来的通则。在《典论》里，曹丕提出了作家的气质不同会导致作品的风格有异，亦即"文气"的概念。对于文体问题，曹丕提出了"夫文本同而末异"的观点，认为无论哪一种文体，都是用语言文字来表达思想情感，其"本"是相同的，不同的是，不同的文体在表现形态、语言形式、体貌风格等方面各有不同。说明各种文体既有共同的原则、共通的东西，又有具体的规则、不同的要求，所以既要研究其一般的规律，也要注意其不同的特征。

曹丕抓住了"本"与"末"的关系来谈文体问题，具有辩证的观点，同时他也纠正了前人只限于本而不及其末的片面认识。同时，曹丕还指出，有两种错误态度要不得："贵远贱近，向声背实。"这就是尊古卑今的观点。他还从历史发展的角度，指出文人互相贬损的弊习，分析了造成这种局面的原因，并且为文人之间的相处指明了正确道路。

曹丕的《典论》是一部有关政治、文化的光辉论著，遗憾的是《典论》后来大都失传，只有其中的三篇《自叙》《论文》《论方术》遗存了下来。其中的《论文》因被选入《昭明文选》才得以完整保存了下来。

《典论·论文》是一篇非常重要的文论著作，在我国古代文学理论批评史上具有划时代的意义，因为在它之前还没有精心撰写的严格意义上的文学理论专著。它的出现，是我国古代文论开始步入自觉时期的一个标志。在这篇文论中，曹丕提出不能单纯根据个人主观爱憎来评论文章，而应有意识地去探索并希望解决文学发展中的一些共同问题。尽管他对这些问题作的答案还比较简单，但是他启发了后来文学评论家们继续探索解答这些问题。后来，曹丕的儿子魏明帝曹睿把《典论》刻在石碑上，并立于庙门外和洛阳太学内，供人阅读，对后世产生了巨大而深远的影响。

《尚书》的故事

摘编 / 董文道

在远古的时候，自有文字以后，为了把君王的言行和当时所发生的事件记录下来，政府专门设立了史官跟随在帝王的左右，左边的史官称为左史，负责记录帝王的言语；右边的史官称为右史，负责记录帝王的行动。

人文始祖尧在位的时候，明察善断、思维清晰、远见卓识，治理天下非常有计谋。尧命令大臣羲仲和和氏，严肃谨慎地遵循天数，推算日月星辰运行的规律，制定出历法，然后在历法中把天时节令告诉人们。

在尧的安排下，大臣羲仲居住在东方的汤谷，每天恭敬地迎接日出，以辨别测定每天太阳东升的时刻。等到昼夜长短相等的那一天，南方朱雀七宿黄昏时出现在天的正南方的时候，羲仲把这一天定为春分。这时，人们便开始分散在田野进行劳作耕种，鸟兽也在这个时节开始生育繁殖。

在尧的安排下，大臣羲叔居住在南方的交趾，每天恭敬地迎接太阳向南运行，以辨别测定每天太阳往南运行的情况，等到白昼时间最长，东方苍龙七宿中的火星黄昏时出现在南方的时候，羲叔把这一天定为夏至。这时，人们开始搬到高处居住，这时节鸟兽的羽毛开始变得稀疏。

在尧的安排下，大臣和仲居住在西方的昧谷，每天恭敬地送别落日，以辨别测定太阳西落的时刻。等到昼夜长短相等，北方玄武七宿中的虚星黄昏时出现在天的南方的时候，和仲便把这一天定为秋分。这时候，人们又从高处搬回到平地上居住，这时节鸟兽又开始重新换生新毛。

在尧的安排下，大臣和叔居住在北方的幽都，每天辨别观察太阳往北运行情况。当白昼时间最短，西方白虎七宿中的昴星黄昏时出现在正南方的时候，和叔便把这一天定为冬至。这时，人们开始居住在室内，鸟兽开始长出柔软的细毛。

由于帝尧公平选任百官，为此在全天下享有非常崇高的威望。百官也都恪尽职守，成绩斐然，各种事情就都昌兴起来。

当时，河水经常泛滥，严重威胁着百姓的性命财产安全。帝尧曾多次派大臣治理河水，效果却都不理想。帝尧为此十分苦恼。一天，他问大臣们："天下还有谁能负责水利工程呢？"

大臣驩兜说："让共工负责吧，共工有丰富的治水经验。"

尧说："共工阳奉阴违，言行不一。不能把这么重大的任务交给他啊。"过了一会儿，尧叹了口气又说："当前洪水泛滥，环山绕陵，下游住的人民深受其害而又没办法解决，谁才是根治这水患的合适人选呢？"

众大臣说："您看鲧咋样？"

尧说："唔！我看不行！鲧办事不力而且疏于团结族人。"

四位德高望重的大臣说："鲧能不能治水先不要下结论，应该先试用试用。"

尧说："好吧！就叫鲧认真去治水吧。"

鲧负责水利工程后，一连治了九年水，都没治出什么绩效。这时，尧年龄也大了，他打算把帝位禅让给一个可靠的年青人。

一天，尧对大臣们说："我当天子已经七十年了，现在我老了，该退休了。你们推荐推荐，看哪位有德的人能接替我做天子？"

大臣放齐说："你儿子丹朱聪明练达，堪当重任，让丹朱接替你当天子吧。"

尧说："呵！丹朱又奸诈又刁赖，他怎么可以当天子呢！"

尧对四岳说，"我发现你们几位德才兼备，我打算传位给你们中的一位。"

四岳连忙推辞说："我们接班只能辱没帝位。您还是另选他人吧。"

尧说："既然你们不愿当就算了吧，你们总可以推荐一个可以做天子的人吧。"

于是，众大臣都一致向帝尧推荐说："有个非常能干的人叫虞舜，让他当天子吧。"

尧说："好！你们给我说说，虞舜到底是个什么样的人？"

四岳说："他是盲人'瞽叟'的儿子，父亲愚顽，继母奸诈，异母弟象歹毒。可他爱护兄弟孝敬父母，通过智慧和忍让把家治理得井井有条。"

尧说："如果是这样的话，那就让舜作为我的接班人吧。不过，我要先考验他一下。"

于是，尧把两个女儿都嫁给舜为妻，并替舜筑了粮仓，分给舜很多牛羊。

舜的后母和弟弟象见了，又是羡慕，又是妒忌，于是，他们和瞽叟一起用计，几次三番想暗害舜。

有一回，瞽叟叫舜修补粮仓的顶，想把舜烧死。舜在仓顶上看见起火了，想找梯子下来，却发现梯子早已不知去向。幸好舜随身带着两顶遮太阳用的笠帽。他双手拿着笠帽，像鸟张翅膀一样往下跳。笠帽随风飘荡，舜轻轻地落在地上，一点也没受伤。

瞽叟和象看到后，并不甘心，他们又叫舜去淘井。等舜跳下井后，瞽叟和象就在地面上把一块块土石丢到井里，打算把井填没，把舜活活埋在里面。没想到在他们往井里丢石头时，舜从井底的侧面掘了一个孔道，钻了出来，又安全地回到家。

当时象还不知道舜早已脱险，得意扬扬地回到家里，跟瞽叟说："这一回哥哥准死了，这个妙计是我想出来的。现在我们可以把哥哥的财产分一分了。"说完，他向舜住的屋子走去。谁知他一进屋子，见舜正坐在床边弹琴呢。象心里暗暗吃惊，很不好意思地说："哎，我多么想念您呀！"舜也装作若无其事，说："你来得正好，我的事情多，正需要你帮助我来料理呢。"此后，舜还是像过去一样和和气气对待他的父母和弟弟，瞽叟和象也不敢再暗害舜了。

尧经过考察后，认为舜的确是个品德好又能干的人，于是就把首领的位子让给了舜。

后来，史官根据唐尧的功德、言行等情况写作了《尚书》中的《尧典》。

《尚书》原称《书》，"尚书"意即上古之书，系上古各朝史官记录，非成于一人之手，后由孔子编订。它是我国现存最早的记言体史书，是关于上古时代的政事史料汇编。《尚书》按朝代分为《虞书》《夏书》《商书》和《周书》，按文体分为诰、训、谟、誓、命、典六种。主要记载了上古帝王有关政事和治国的言论，也保存了古代经济、地理及社会性质等方面的珍贵史料。其中虞、夏及商代部分文献是据传闻而写成，不尽可靠。

《尚书》中的"典"是重要史实或专题史实的记载；"谟"是记君臣谋略的；"训"是臣开导君主的话；"诰"是勉励的文告；"誓"是君主训诫士众的誓词；"命"是君主的命令。另外，《尚书》中还有以人名标题的，如《盘庚》《微子》；有以事为标题的，如《高宗肜日》《西伯戡黎》；有以内容为标题的，如《洪范》《无逸》。这些都属于记言散文。也有叙事较多的，如《顾命》《尧典》。其中的《禹贡》，托言夏禹治水的记录，实为古地理志，与全书体例不一，当为后人的著述。

自汉以来，《尚书》一直被视为我国封建社会的政治哲学经典，既是帝王的教科书，又是贵族子弟及士大夫必修的"大经大法"，在历史上很有影响。

《尚书》包括《今文尚书》和《古文尚书》两部分。《今文尚书》共二十八篇，《古文尚书》共二十五篇。现存二十八篇《今文尚书》传说是秦、汉之际的博士伏生传下来的，用当时的文字写成，所以叫做《今文尚书》。其中《虞夏书》四篇，《商书》五篇，《周书》十九篇。

《尚书》作为我国最早的政事史料汇编，记载了虞、夏商、周的许多重要史实，真实地反映了这一历史时期的天文、地理、哲学思想、教育、刑法和典章制度等，是我们了解古代社会的珍贵史料。除了有珍贵的上古文献价值，《尚书》也有非常深刻的思想。书中如周公诸篇，对我国政治思想影响巨大，堪称儒家思想的渊薮。

校园文摘系列丛书征稿

　　阅读可以使学生增长见识，可以提高学生写作水平；阅读可以陶冶学生性情，使学生变得温文尔雅、富有修养；阅读可以给学生带来无限遐想和乐趣，给学生带来智慧源泉和精神力量；阅读可以磨炼学生意志，让学生的心灵逐渐充实、成熟。

　　为满足广大读者要求，中央编译出版社将继续开展"校园文摘系列丛书"征稿活动，让我们从"学生阅读"读起，从朴实无华、意蕴丰富的文字中感受阅读的魅力。

一　征文对象及内容

　　征稿对象为全国大中学生。可以个人投稿，也可以学校、班级或文学社团为单位组织供稿。作品的体裁、内容不作任何限制。篇幅限 1300-2500 字之间。优秀来稿将分别入选面向全国发行的"校园文摘系列丛书"。

二　征文要求

1. 文笔流畅，有真情实感，活泼新颖。
2. 投稿作品必须是本人原创，不得抄袭、套改。如涉及法律问题，由作者本人负责。

三　投稿时间

　　即日起至 2018 年 12 月 30 日止。

四　投稿须知

1. 投稿限发 word 文档电子稿。每人可投 3~5 篇。优秀作品可根据题材分别入选多本图书相关栏目。
2. 来稿在文末附上以下内容：文章标题、作者姓名、邮寄地址、电子信箱、电话、QQ。
3. 来稿在 90 天内未收到采用通知的作者，稿件自行处理，三个月内请勿一稿多投！
4. 所有来稿均视为作者已同意本作品选编入中央编译出版社相关图书。不同意以上约定的作者请勿来稿。

电子邮箱： cctp8299288@163.com

作者交流 QQ 群： 63601654

著名少年作家万亿新作《**我在成都等你**》
即将与读者见面

万亿，一个 16 岁的少年，已出版 6 本小说。这位小作者似乎在继承韩寒，郭敬明等青年作家的衣钵，秉承他们对青春、对人生的一贯写作手法，将自己的感受丰富化而已。

"清晨的阳光落在他脸上，光影从额头沿着眉心迤逦向下，经过秀挺的鼻梁，微微弯起弧度的嘴唇，最后汇集到眼睛里，浓密的长睫不停震颤，为眼睑下覆上阴影，却遮不住他瞳孔里潋滟流转的光。"

一眼看去，谁会料见这出自于一位 16 岁孩子的手笔呢？固然，其文章的手法带有漫画性，但也正是如此，才使本书特征凸显无疑。就像电影《致青春》一般，没有什么惊世骇俗的人生哲理，就是一股清流，一首简单的青春之歌。

暗恋，执着，迷惘。这些词都被作者熟练的揉捏于青春故事中。发酵成一种芬芳！

《**作文 36 技**》

《作文 36 技》是一本非常受学生欢迎的图书。该书共分 36 个专题，每个专题都分为"名家垂范""名师指点""名题演练""名卷展示"四个板块。乍看只是总结了一些写作的技巧，细究都分明提出了一种语文教学的新思路：从阅读走向写作。

这本书的问世，填补了目前中学作文教材的一项空白！相信青少年朋友们能从这本书中获得启示，去抒写自己芬芳而绚烂的人生！教育界多位专家推荐此书！

定价：38 元　全国各地新华书店有售

书　名：《超脱考试做领袖》

作　者：陈济安

定　价：30元

郭传杰、冯恩洪、毕诚等著名教育家认为：《超脱考试做领袖》一书非常适合大中学生、教师、家长和有志青年阅读参考，称此书是一部不可多得的励志佳作。

该书是一部"教人识道用器，学会学习、少有相似，独创一帜"的原创佳作。

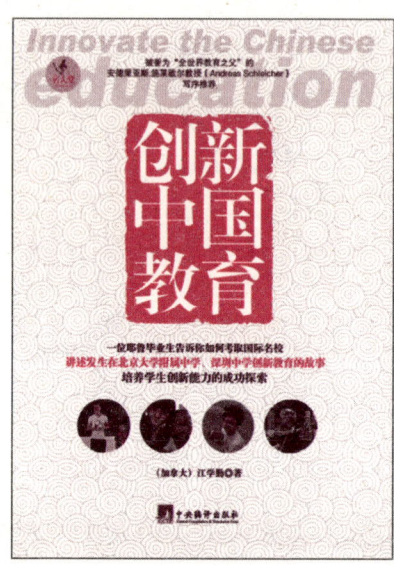